FRONTSOLDAT

VON

ALEXANDER KRONENHEIM

Bibliografische Information der Deutschen Nationalbibliothek:
Die Deutsche Nationalbibliothek verzeichnet diese Publikation in der Deutschen Nationalbibliografie; detaillierte bibliografische Daten sind im Internet über http://dnb.dnb.de abrufbar.

© *2017* **Alexander Kronenheim** *; 1. Auflage*

Covergrafik und Texte: © *2017 Alexander Kronenheim*

Herstellung und Verlag: BoD – Books on Demand, Norderstedt

ISBN: 9783743161863

Inhalt	Seite
1. Aus meinem Kriegstagebuch	**7**
1.1 Die Abfahrt	7
1.2 Das schweigende Regiment	12
1.3 Heimat, Heimat...	15
1.4 Der Blutweg	19
1.5 Stille und Sturm	27
1.6 Nächtlicher Sturm	39
1.7 Die Unterhaltung am Fenster	47
1.8 Alarm	56
1.9 Die Sechs	62
1.10 Eingeschlossen	66
1.11 Verwundet!	70
1.12 Heimkehr	73

2. Bis Weihnachten 77
3. Die Wildsau und der Schimmel 86
4. Der Tannenzweig 100
5. Die Wölfe 110
6. Die Wandlung 115
7. Ein Wiedersehen 131
8. Der erste Gang 139
9. Der Mann, der die Heimat sucht 148

1. Aus meinem Kriegstagebuch

1.1 Die Abfahrt

Waggon steht an Waggon, wohl sechzig in einer langen, sanft gebogenen Front. Die offenen Schiebetüren lassen in das Wageninnere blicken. Man siebt rohe, grob gezimmerte Holzbänke, auf denen die lange Reise abgesessen werden muss.

Das Bataillon steht an der Laderampe, Gewehr bei Fuß. Chargen rennen die Linie auf und ab, um die fünfundvierzig Leute zu bestimmen, die einen Waggon erhalten.

Ein heller Pfiff! Das Signal zum Einsteigen. Alles drängt in die Wagen. Bald verschwinden die Seitenteile unter Tornistern und Wehrgehängen. Die Gewehre finden sich zu Gruppen, ein eigenes malerisches Stillleben. Begehrt sind die Plätze an den offenen Türen, wegen des Sehens und des

Gesehen-werdens. Die Maschine zieht an, einmal, zweimal ein Zittern in der langen Wagenreihe und der Zug dampft hinaus in den herrlichen Augustmorgen, begleitet von Hurrarufen und dem Winken farbiger Tücher.

Nach Westen geht die Fahrt. Tausend Männer der Landwehr und Reserve, meist Familienväter, fahren dem ungewissen Schicksal entgegen. Vorerst ist dieses Schicksal noch nicht nahe genug, um einen merklichen Druck auf die Stimmung auszuüben. Es wird gelacht und gescherzt, gesungen und getrunken. Man wähnt sich in die Anfänge der Soldatenzeit versetzt, und übermütig, ja ausgelassen benehmen sich die rüstigen, bartgeschmückten Vaterlandsverteidiger.

Nürnberg! 35 Minuten Aufenthalt! Im Nu ist der Bahnsteig überschwemmt von feldgrauen Uniformen. Lange Reihen stellen sich an und ziehen an den Frauen und Mädchen vorüber, die das schöne Amt der Liebesgabenverteilung besorgen. Brot, Wurst und Käse finden willige Abnehmer. Laut, steigt dazwischen auch mancher Seufzer eines enttäuschten Bierfreundes zum Himmel, der die leise Hoffnung auf einen guten Schluck begraben musste.

Ein Blick in den Bahnhof zeigt die völlige Umwälzung, die das Leben unseres Landes durchzumachen hat. Auch die Bahnhöfe sind mobilisiert. Auf allen Gleisen harren Züge der Beförderung. Mannschafts-, Pferde- und Munitionstransporte laufen in bunter Folge aus und ein.

Die halbe Stunde ist vergangen. Tausendstimmiges Lebewohlrufen und Tücherschwenken aus den umliegenden Fenstern. Der Augenblick ist da, der uns — wer weiß, für wie lange? — aus der Heimat entführt.

Die Gewissheit des Augenblicks dämpft die lärmende Lustigkeit. Wer kann, drängt sich an die Türöffnung und schaut rückwärts, wo langsam die Wahrzeichen unserer Vaterstadt — Burg und Türme von Sebald und Lorenz — im glasklaren Horizont verschwimmen. Ein dumpfes Schweigen lastet auf den Gemütern und Minuten vergehen, bevor der Bann gebrochen ist und die Mehrzahl wieder einlenkt in das Fahrwasser heilsamer Selbsttäuschung.

Quer durch Bayern, Württemberg und Baden läuft der Zug. Auf allen Stationen das gleiche Bild: Männer und Frauen mit Liebesgaben in den Händen und herzlicher Teilnahme im Blick begrüßen den Zug und winken bei der Ausfahrt nach, solange noch eine Planke von ihm zu sehen ist.

Man erlebt auf dieser Fahrt rührende und erhebende Züge einer in ihrem Willen und in ihrer Liebe einigen Volksseele.

Der Abend bricht schon stark an. Müdigkeit und Schlaf flattern mit dem Zug und machen bald den lautesten Mund stumm. Geisterhaft schimmern die Gesichter durch das schwere Halbdunkel des Wagens.

Noch ist die Nacht in ihrem Recht und schon liegt der Rhein hinter uns. Die Hügel Lothringens widerhallen von dem Pfiff der Lokomotive.

11 Uhr 10 Vormittag! Der Zug biegt um einen bewaldeten Hügel und verlangsamt unter betäubendem Pfeifen das Tempo.

„Fertigmachen zum Aussteigen!"

Ein Aufatmen geht durch unsere Abteilung. Man ist froh, die Fahrt überstanden zu haben.

Aus Westen schüttert dumpfes Rollen.

1.2 Das schweigende Regiment

Dreißig Grad im Schatten! Die Sonne meint es heute wieder zu gütig.

Um 4 Uhr 30 früh hat man uns auf den Marsch gesetzt. Seit drei Stunden sucht das Regiment nach dem Ende der Landstraße und noch ist kein Ende abzusehen. Die gleichen langweiligen Windungen wiederholen sich endlos.

Eingehüllt in eine Wolke weißgrauen Staubs wälzt sich die Kolonne vorwärts. Durst und Hitze laufen neben den marschierenden Reihen her und über die Schulter grinst jedem Mann ein boshafter Teufel, der feldmarschmäßig gepackte Tornister, von dem der Soldatenmund behauptet, dass er mehr Leute umbringt als das feindliche Geschoß.

Es ist zum Ersticken in Reih und Glied. Immer häufiger greifen Hände nach den Feldflaschen, bis auch dieser Trost versagt, weil das Aluminiumgehäuse leer am Brotbeutel baumelt.

Die Köpfe sinken tiefer auf die Brust und spitzer wird der Winkel, den der Körper zur Straße bildet.

Aber ein unerbittliches Vorwärts hält das Regiment in Fluss. Es muss zur rechten Zeit an Ort und Stelle eintreffen.

Die ersten Besiegten ergeben sich. Erschöpft taumeln sie in den Straßengraben und lassen alles mit sich geschehen. Die Sanitätssoldaten öffnen den Waffenrock legen ihnen den Kopf hoch und warten ab, ob ihr Unwohlsein vorübergeht.

Was marschieren kann, marschiert. Ein kurzer Blick auf die Maroden, dann hastet man weiter.

In der ersten Stunde gab es noch Lachen und fröhliches Geplauder. Scherzworte flogen von Glied zu Glied und allerhand lustige Anekdoten. Davon ist nichts mehr geblieben.

Eine bleierne Stummheit wuchtet auf der Kolonne.

Das schweigende Regiment!

Es zieht seine Straße fort, immer fort, aufrecht gehalten durch eiserne Mannszucht und durch den Drang, an den Feind zu kommen.

Mit jedem sauren Schritt vermehrt sich dieser Drang und erzeugt eine stumme Wut auf den immer noch unsichtbaren Gegner.

Fechten ist manchmal leichter als Marschieren. Den Feind mit den Beinen besiegen, kostet zwar nur Schweiß, aber Schweiß wird auch Blut, wenn er lange rinnt.

1.3 Heimat, Heimat...

Am Abend gegen 9 Uhr machen wir in einer kleinen Mulde halt, legen das Gepäck ab und richten uns für die Nacht ein, so gut das gerade gehen will. Jeder fällt hin, wo er eben steht, bettet den Tornister unter und versucht zu schlafen. Nur ganz wenigen gelingt der Versuch, denn umgeschnallt und Gewehr im Arm ist nicht der bequemste Schlafanzug. Halblaute, mehr geflüsterte als gesprochene Reden gehen durch die hingestreckten Reihen. Man munkelt, morgen in aller Frühe soll angegriffen werden. Keiner weiß Bestimmtes, doch die Ahnung kommender Ereignisse liegt in der Luft und greift alles mit ihrem Hauch.

Unser Regiment war noch nicht im Gefecht. Zehn Tage marschiert es schon hinter der Front, einmal vorwärts, dann wieder zurück, dann wieder seitwärts, scheinbar ohne Sinn, Ziel und Absicht.

Harmlose Gemüter deuten diese Zurückhaltung dahin, dass wir als Reserveregiment wahrscheinlich überhaupt nicht ins Feuer kommen. Dieser Glaube sollte bald zerstört werden. Selbst den standhaftesten Optimisten geben die Vorbereitungen des Abends zu denken. Weder Feuer noch Licht darf gezeigt und kein lautes Wort soll gesprochen werden. Man ist, darüber gibt es gar keinen Zweifel, nahe am Feind.

Die sanft gewellten Hügel Lothringens liegen im fließenden Mondlicht der wunderschönen Hochsommernacht, als sollte sich nie der Donner Kruppscher Kanonen an ihnen brechen. Nur das leise Klirren reibender Metallteile, das Schnauben und Scharren einer nahen Pferdekoppel und dann und wann gedämpfter Ausruf eines Postens unterbrechen die nächtliche Stille.

Ich liege in einer Erdrinne, die Wange an den Tornister geschmiegt und starre regungslos zu dem Stück blauschwarzen Nachthimmels, das in dieser Lage zu sehen ist. Ohne es eigentlich zu wollen, höre ich manches von den Gesprächen, die rings geführt werden. Ich habe am Vorabend unserer Feuertaufe die Erfahrung gemacht und diese Erfahrung ist bisher noch immer bestätigt worden, dass die Gedanken und Empfindungen heiliger als sonst, inniger und stärker der Heimat drängen, dass sie sich gleichsam in einer Ahnung kommenden Verlustes am Vorabend der Schlacht ganz fest an alles klammern, was Liebenswertes in der Heimat zurückblieb. Da fallen Worte, unvergesslich durch die Kraft und Innerlichkeit der Sehnsucht, die aus ihnen quillt.

Wir sind in unserem Regiment zum großen Teil Nürnberger Familienväter. Dass alle Gespräche daher in gleicher Richtung laufen, ist nicht verwunderlich. Liebe, allvertraute Örtlichkeiten tauchen auf. Man wähnt, die engen, verwinkelten Gässchen Alt-Nürnbergs im Mondschein zu sehen, im gleichen Mondschein, der die grünen, rebenbegrenzten Hänge Lothringens mit geisterhaftem Licht umspinnt. Jedes Wort weckt tausend Erinnerungen, und seltsam vergoldet stehen nebensächliche Erscheinungen vor dem Gedächtnis.

Heimatzauber!

Die meisten Gespräche gehen um Familiendinge, um Frauen und Kinder und um ihr vermutliches Schicksal. Als Soldat ist man wenig ausgelegt zu Sentimentalitäten. Dazu fehlt auch die Zeit und körperliche Anspannung ist noch immer das beste Gegengift weichlicher Gefühlsduselei gewesen. Was aber in diesen Gesprächen aufklingt, ist so tief und wahr gefühlt, dass nur ganz stumpfe Gemüter sich dem Bann der Stimmungen entziehen.

Die Stunden schwinden. Einer nach dem anderen verstummt und zieht sich ganz zurück in seine persönlichen Wünsche und Gedanken. Auch ich liege schon im Halbschlummer und fange aus dem ersterbenden Geflüster eben noch die Worte auf: „Fünf hab' i halt, Kamerad! Fünf! Wenn i bloß wieda hamkumm!"

1.4 Der Blutweg

Nur um die Feldküche ist Leben. Sonst liegt das ganze Biwak noch in friedlicher Nahe. Der Feldwebel zieht den Mantel fröstelnd um die Schultern, holt die Uhr hervor und liest beim flackernden Schein einer trübseligen Laterne die Zeit ab.

„Höchste Eisenbahn! Um 3 Uhr steht das Bataillon. Bis die Kerle aus dem Zelt kriechen und sich fertig machen, wird's Zeit zum Abmarsch!"

Stöhnend, fluchend, augenreibend krabbeln wir aus den Zellen und beginnen zu ‚müllern'. Da hüpft einer unter den sonderbarsten Verrenkungen von einem Fuß auf den anderen und beschwört, dass er von den Kniekehlen abwärts aus Holz sei. Neben ihm übt sich ein anderer im Armschwingen, wobei er unausgesetzt versichert, er hätte schon besser gelegen als diese Nacht. Man glaubt ihm das gern und geht ans Abbrechen des Biwaks. Zwanzig Minuten später deuten nur die Strohhaufen noch an, dass an diesem Platz tausend Menschen eine Nacht verlebt haben.

„Zum Kaffeefassen antreten! Erste Korporalschaft beginnt!"

Rasch stürzt jeder einen Feldbecher des siedend heißen, bitteren Gebräus hinunter. Dann folgt das Kommando zum Gepäckaufnehmen, Gewehr in die Hand und schon tritt die vorderste

Kompanie an und ist im Augenblick vom Morgennebel verschlungen.

Auf der Anmarschstraße herrscht bewegtes Leben. Infanteriekolonnen schieben sich langsam vor, halten, wenn eine Abteilung Artillerie in scharfem Trab vorführt und treten ganz aus der Straße, weil das Gewühl der Reiter und Gespanne die ganze Breite des Wegs beansprucht. Endlich ist die Stockung behoben. Es geht weiter.

Der Feind muss noch in einiger Entfernung sein, denn nur das dumpfe Rollen einiger Geschütze ist zu hören und das müssen nach der ganzen Lage eigene Geschütze sein. Wo mag da die feindliche Artillerie noch stehen.

Zwei Stunden trotten mir schon dahin, immer dem Donner der Kanonen entgegen. Jetzt biegen wir von der Straße ab und halten durch Tau benässte Wiesen scharfe Richtung auf ein Waldeck zu. Aha! Der Tanz beginnt. Gedeckt nimmt das Regiment im Waldeck Aufstellung, setzt die Gewehre zusammen und wartet Befehl zum Eingreifen.

Ss —ss—sssss! Wump!

Wie von einer unsichtbaren Faust geduckt, zieht alles den Kopf zwischen die Schultern. Ein Kornfeld, durch das ein starker Windstoß fährt, so ähnlich sieht eine Abteilung aus, die zum ersten Mal von Artillerie überschossen wird.

„Na, Kopf aus dem Dreck, Leute! Das ist von unserer eigenen Artillerie. Die französischen Schrapnelle brummen keinen solchen Bass."

Misstrauisch späht alles zum Himmel auf, wo sich eben wieder ein Geschoß den Weg bahnt, scheinbar ganz langsam und gemächlich, als liefe es auf Schienen. Nichts Besonderes ist dort zu bemerken. Nur manchmal taucht aus dem satten Blau ein weißes Wölkchen auf, schäferlich harmlos anzusehen und doch mit Tod und Verderben geladen — ein platzendes Schrapnell!

Langsam gewöhnen sich die Nerven an das Geräusch und schon probieren einige ganz Nervenstarke, wie es sich im Artilleriefeuer schlafen lässt.

Das Gefecht entfernt sich. Es wird Mittag und wir liegen noch immer am gleichen Fleck.

„Das Regiment übernimmt die Verfolgung! Zweites Bataillon auf! Marschrichtung Bahnhof Lautersingen!"

Es geht heraus aus dem Wald, eine Höhe herunter, drüben wieder hinaus und über eine von den Pionieren geschlagene Pontonbrücke auf den Ortsrand zu. Plötzlich geht ein deutliches Stocken durch die Kolonne und die Gesichter wenden sich ruckweise nach rechts.

Auf einem niedrigen Erdbuckel liegt, mit dem Kopf nach abwärts, ein toter Franzose — Infanterist, soweit sich schätzen lässt, blutjung und von einem Schrapnellstück mitten ins Gesicht getroffen. Der Kopf bildet eine einzige geronnene Blutmasse, die blau angelaufenen Hände sind wahnsinnig verkrampft — ein furchtbarer Anblick.

Beklommen schaut einer den anderen an. Keiner spricht ein Wort, aber die Blicke reden überzeugend von dem ersten unverhüllten Eindruck des Krieges. Dem einen Toten folgen bald andere — ein noch im Tod martialisch aussehender Hauptmann, zwei Schritte weiter ein französischer Jäger, auf dem Gesicht liegend und das linke Bein unnatürlich an den Leib gezogen, zehn Meter rückwärts eine ganze Gruppe, wie sie von der Granate gefasst und durcheinander geworfen wurde. Der Ort hat nur wenig gelitten. Einige Hausdächer sind zwar durchlöchert und zeigen nackte Latten; Fensterscheiben und Mauerbrocken liegen auf der Straße, aber im Ganzen schaut das Dorf nicht schlimmer aus als nach einem schweren Gewitter. Nur die Luft weiß gar nichts von einem Gewitter. Ein scheußliches Gemisch von Karbol, verbranntem Tuch und frischem Blut dünstet in der einzigen Ortsstraße.

Wir marschieren am großen Verbandplatz entlang. Wohl hundert Verletzte warten hier auf erste ärztliche Hilfe. Sie flehen, sitzen, liegen, ganz nach ihrer Wunde. Auf den kalkweißen Verbänden zeichnen sich dunkle Streifen und Flecken ab — durchgeschlagenes, frisch strömendes Blut. Arme, Beine, Köpfe — kurz jede erdenkliche Stelle des Körpers ist verbunden. Rote Schleier legen sich vor unsere Augen, und wie in Blut gemalt gaukelt die Landschaft vorüber.

Hinter Lautersingen steigt die Landstraße beträchtlich an, rechts erstreckt sich freies Feld, links, etwa zweihundert Meier nach der Tiefe, zieht dichter Laubwald hin. Um diesen Wald ist das meiste Blut geflossen. Dicht liegen die Toten und Verwundeten, graue und rotblaue Klumpen, je nachdem es Deutsche oder Franzosen sind.

Ein Würgen sitzt uns an der Kehle, während wir stumm und hastig an dieser Parade des Todes vorbeimarschieren. In jedes Hirn bohrt sich der Gedanke: Wann trittst du in Reih und Glied mit dieser stummen Schar?

Kurz hinter dem Ort sind Feldküchen aufgefahren.

Friedlich sitzen die Lebenden am Boden und essen.

Ein Aufatmen geht durch unsere Reihen: froh, dass der Blutweg hinter uns liegt, schwenken wir von der Straße ab und halten auf den Wald zu, hinter dem der geschlagene Franzose zu suchen ist.

1.5 Stille und Sturm

Drei Tage liegen wir schon am Wald von Parron auf einer nach allen Seiten gedeckten Lichtung. Montag früh war das Regiment zurückgezogen worden, um sich eine Stunde hinter der Front von den Anstrengungen der letzten vierzehn Tage zu erholen. Auf der Lichtung sind Zelte gebaut und Seilpferche für den Fuhrpark gezogen. Damit den lästigen Fliegern das Handwerk sauer gemacht wird, haben wir Äste und kleine Stämme abgehauen und die Niederung künstlich in einen Wald verwandelt. Trotzdem verziehen wir uns jeden Morgen in den etwa sechshundert Meter entfernten Hochwald. Die Zelte bleiben stehen, Helm und Tornister liegen peinlich geordnet bei den Zelten, nur Mütze, Gewehr und Rüstung wandern mit in den Wald.

Der Wald von Parron verdient es vollauf, in Lothringen zu stehen. Diese Lothringer Wälder sind richtige Urwälder, versumpft, schwer gangbar und schlecht gehalten für die französische Kriegführung ebenso vorteilhaft wie für die französische Forstwirtschaft schmählich. In einem solchen Urwald liegen wir also schon den dritten Tag und faulenzen, denn Kartenspielen, Späße erzählen und dazwischen Schlafen kann wohl kaum eine Arbeit heißen. Von Feind und Gefahr keine Spur! An den Krieg erinnert höchstens das dumpfe Rollen schwerer Geschütze, weil genug entfernt, um sich erträglich anzuhören, oder ein französischer Flieger, der hoch oben wie ein Raubvogel seine Kreise zieht. Aber wie bald sollten diese geruhsamen Tage zu Ende gehen. Der Feldgottesdienst am Mittag warf die ersten

Schatten auf unser friedliches Idyll. Ernst und nachdenklich kamen die Teilnehmer zurück und ein Pfiffikus meinte: „Kameraden, es geht was vor! Der Geistliche hat so merkwürdig geredet von den Pflichten des rechtschaffenden Soldaten, von Ergebenheit in Gottes Willen und so. Passt auf, wir kriegen heiße Tage."

Gegen 5 Uhr abends kommt auch schon der Befehl: „Das Regiment rückt in der Dunkelheit ab!" Wohin und zu welchem Zweck, erfuhr kein Mensch. Solche Klarheit gibt es für den Soldaten nicht.

Wir legen die Zelte ein, fassen den üblichen Kaffee, ohne Milch und Zucker, wie für Feinschmecker bemerkt sei und krümmen den Buckel unter den Tornister. Lautlos geht der Marsch in die Dunkelheit durch zwei arg zerschossene Dörfer der leidlich gangbaren Straße nach, dann über lehmige Feldwege, die allzuviel Anhänglichkeit an unsere Stiefel bekunden. Auf freiem Feld, direkt an der Kirchhofmauer von Bonviller, hält das Regiment.

Es ist Nacht geworden. Am klaren, unendlich tiefen Himmel blinken die Sterne und Neumond gießt fahlgelbes Licht auf Bonviller, eben hell genug, um zu erkennen, dass die halbe Ortschaft ein Trümmerhaufen ist.

„Erstes Bataillon rückt durch Bonviller in die Schützengräben von La Rochelle ab. Zweites Bataillon als Unterstützung in die Deckungen vierhundert Meter westlich Bonviller. Das dritte Bataillon bleibt in Reserve."

Viel lässt sich an diesen Befehlen gerade nicht ersehen, aber wenigstens das eine — angegriffen wird heute Nacht nicht.

Das Regiment zerschlägt sich, wir vom zweiten Bataillon suchen die Deckungsgräben vierhundert

Meter westlich Bonviller. Die Gräben sind sicher französisches Fabrikat. Die äußerst geschickte Anlage spricht dafür. Doch danach fragt im Augenblick kein Mensch. Die Züge kriechen in die zugeteilten Abschnitte und richten sich häuslich ein. Wie lange der Aufenthalt dauert, weiß niemand.

Wir vom zweiten Zug haben Glück. Wir kommen auf Wache. Das bringt die Annehmlichkeit, ins Dorf zu gehen, weil dort der Bataillonsstab einquartiert ist. Als Wachlokal weist man uns eine Scheune an, der eine Granate die halbe Seitenwand mitgenommen hat, so dass für frische Luft reichlich gesorgt ist. Aber wir haben wenigstens Stroh und ein Dach, stehen uns also immer noch besser als die Kameraden im Graben.

In der Nacht geschieht nichts. Die beiden Artillerien suchen sich zwar, doch Bonviller liegt außerhalb der Schusslinie. Auch der nächste Tag bringt kein Ereignis und wir haben Muse, uns in Bonviller umzuschauen. Merkwürdig genug, dieser Anblick! Der westliche Teil des Dorfes ist total zusammengeschossen und von den Einwohnern geräumt. Auf der Ostseite steht Haus neben Haus vollkommen unversehrt. Es treiben Frauen und Mädchen das Vieh zur Tränke und ein Schwarm Kinder in der charakteristischen Tracht — lange blaue Blusen und klappernde Holzpantoffel — tummelt sich lärmend in der Dorfstraße. Mit verstohlener Neugier betrachtet alt und jung das militärische Treiben, und namentlich die Feldküchen erregen Staunen und Bewunderung. Unser Verhältnis zu den Leuten ist gut. Wir ersuchen höflich radebrechend um Kleinigkeiten und bekommen das Gewünschte gegen Bezahlung ohne Murren und Sträuben. Beide Seiten verhalten sich tadellos und die einzigen Geschöpfe, die mit Recht für ihr Leben fürchten, sind Gänse, Hühner und ähnliches

Flugzeug. Für sie stehen ihre Besitzer allerdings Todesängste aus und mancher hoffnungsvolle Gockel endet sein krähendes Dasein in einem Soldatenmagen. Doch ist auch diese Sorge nicht so arg. Wir haben strengsten Befehl, alles zu bezahlen, und es gehört sehr viel Glück und noch mehr Frechheit dazu, kostenlos zum Genuss einer Hühnermahlzeit zu kommen.

Jedenfalls hätte eine Abstimmung ergeben, dass jeder gern noch einige Wochen, wenn möglich den ganzen Feldzug in Bonviller verbracht hätte. Doch im Krieg ist nirgends lang Herberge und zudem warten die Kameraden vorn sehnsüchtig auf Ablösung. Im Morgengrauen des 4. September 3 Uhr 15 Minuten früh tastet sich unser Bataillon vor nach La Rochelle, einem einsamen Bauernhof, etwa eineinhalb Kilometer nördlich Bonviller. Dort werden schnell und geräuschlos die Schützengraben besetzt und als die Sonne aufgeht, sitzen wir in den

Unterständen und die Kameraden vom ersten Bataillon vergnügen sich hinten als Reserve. Drüben hat man von diesem Manöver nichts gemerkt. Die französische Artillerie schweigt den ganzen Vormittag, was wir allgemein furchtbar anständig finden.

Der Tag ist schön und von der angenehmen Wärme des Frühherbstes. Wir machen es uns in den Gräben bequem, bauen da und dort die Stellung aus und legen besonders einen Laufgang an, der in ein nahes Strauchwerk führt, das einen sehr wichtigen Zweck verhüllen muss.

Die Schützengräben von La Rochelle sind Muster ihrer Art, sicher mit Unterstützung durch Pioniere von der Infanterie gebaut, gut und reichlich eingedeckt und nach vorn famos maskiert, so dass sie selbst auf fünfzig Meter schwer zu erkennen sind.

Wir teilen uns in die Unterstände und jeder tut, was er für dringend notwendig hält. Einer verzehrt ein Stück Fleisch, das er vorsorglich zurückbehalten hat, nebenan schreibt der andere eine Feldpostkarte und benutzt als Schreibunterlage den breiten Rücken eines schlafenden Kameraden. Vier Mann spielen Karten, darunter ein Trommler, dessen Kalbfell einen geradezu idealen Spieltisch abgibt. Unterhaltungen von der Heimat, über persönliche Schicksale und Erfahrungen werden gewechselt — alles jetzt unter einem wahren Höllenfeuer der französischen Artillerie, die ihr Versäumnis vom Vormittag einholen will.

„Leute, lasst den Kopf drunten, sonst habt ihr sie auf dem Hals! — Bis jetzt schießen sie gut achthundert Meter zu kurz. Wenn schon einer hinausschauen muss, dann Helm ab und nicht höher als bis zur Nasenspitze."

Die französischen Artilleristen suchen uns wirklich hinter einer kleinen Anhöhe, etwa tausend Meter vor der Stellung. In wahnsinnigem Tempo schicken sie abwechselnd Granaten und Schrapnells herüber. Die ganze Anhöhe liegt in einer zähen Wolke gelblich- weißen Rauchs, aus der ohne Aufhören die Feuerblitze krepierender Schrapnells vorzucken. Die grauen Rauchhosen der schweren Rimailho-Granaten wirbeln meterhoch über die Einschlagstellen auf, ein furchtbar schönes Schauspiel, solange man nicht selbst mitspielen muss. Manchmal saust ein Ausreißer bedenklich nahe heran; dann hebt alles den Kopf, ein Ausdruck quälender Anspannung kommt in die Augen und jeder drückt sich enger an den Grabenrand.

Wir haben Glück. Die Artillerie findet uns nicht und stresst jetzt ganz rechts hinüber, wahrscheinlich überzeugt, dass hinter der Höhe keine Maus am Leben geblieben ist.

Es ist 4 Uhr 50 nachmittags! Der Hunger meldet sich

Seit früh 2 Uhr haben wir nicht mehr gegessen, die wenigen Überbleibsel im Brotbeutel rechnen nicht. Doch vor abends 9 Uhr ist gar keine Aussicht, dass die Feldküchen kommen. Sie sind zu kostbar, um von der Artillerie demoliert zu werden.

Über das freie Feld läuft ein einzelner Mann. Jetzt verschwindet er im Laufgang und taucht eine Minute später wieder im Graben auf — der Gefechtsmeldegänger vom Bataillon!

„Was gibt es Neues, Kamerad? Kommen die Feldküchen bald?" stürmen die Fragen auf den Mann ein, der erregt aussieht. Ob vom schnellen Laufen, ob aus innerer Bewegung?

„Heut Nacht ist Sturmangriff!"

Betroffen schaut einer den anderen an. Eine Viertelstunde später ist die Gewissheit da. Der Befehl lautet:

„Das Regiment geht in der Nacht zum Sturm vor. Sturmanzug! Mütze, Gewehr, Seitengewehr, Mantel gerollt mit Kochgeschirr. Kein Schuss, darf fallen. Die Bataillone stehen um 9 Uhr 30 abends angriffsbereit."

Die Feldküchen kommen eher als erwartet, doch niemand hat Recht Hunger. Das Ereignis des nächtlichen Sturms drängt alle Gefühle und Bedürfnisse zurück. Trotzdem ist äußerlich nicht viel von Aufregung zu merken. Nur die Köpfe sind mehr gerötet als sonst und die Augen glänzen in einem leichten Fieber. Wir bringen den befohlenen Anzug in Ordnung. Viele suchen Briefe aus der Heimat hervor und lesen im schwindenden Tageslicht.

Eine Hand greift nach meiner Hand. Es ist ein lieber Kamerad, der mit belegter Stimme sagt: „Du.. hier ist meine Adresse. Im Fall . . du weißt ja . . schreib meiner Frau."

Ein Händedruck ist die Antwort. Wir schauen schweigend auf die in Dunkelheit versunkenen Höhenzüge, die diese Nacht gestürmt werden sollen.

1.6 Nächtlicher Sturm

Von Lunéville nach Einville führt eine Kleinbahn. Hinter den Böschungen des Bahnkörpers sammelt das Regiment. Von hier aus soll zum Sturm gegen die etwa drei Kilometer entfernten Höhen vorgegangen werden. Wir vom zweiten Bataillon brauchen nur den Hang hinunter, auf dem die Schützengräben von La Rochelle liegen, und sind auf dem Alarmplatz.

Es ist 9 Uhr 15 Abend. Eine weiche, warme Septembernacht liegt auf dem Land. Feierliche Stille, seit unsere Batterien nicht mehr feuern. Wohl zwei Stunden schossen sie in die Richtung der zu stürmenden Stellungen, was aus dem Rohr ging. Mit sehr gemischten Gefühlen horchten wir auf das höllische Konzert. Keiner hatte etwas einzuwenden, dass die Artillerie unserem Sturm kräftig vorarbeitet, aber jeder sagte sich, dass die Franzosen durch diese Beschießung aufmerksam werden müssen.

Kompanie um Kompanie taucht aus der Dunkelheit auf, erst auf nächste Entfernung sichtbar durch die weißen Armbinden. Jeder Mann trägt eine solche Binde am rechten Oberarm, damit nicht in der Nacht einzelne Abteilungen der eigenen Leute aneinander geraten. Rasch werden die Verbände hergestellt. Die Losung heißt „Lautersingen" und nun „Vorwärts!"

Langsam, stockend arbeiten sich die aufgereihten Kolonnen in der Dunkelheit vor. Nichts ist zu hören, als das Schlürfen der Stiefel auf dem weichen Lehmboden. Selten nur scheuert ein Seitengewehr an einem Kochgeschirr. Kein gesprochenes Kommando fällt; wir werden durch Zeichen und Winke gelenkt. Das Gepäck ist, verglichen mit der feldmarschmäßigen Packung, lächerlich leicht, trotzdem herrscht eine unerträgliche Hitze in den Reihen und die hellen Schweißtropfen rinnen uns vom Gesicht.

Der Marsch stockt. Unsicher laufen die vordersten Leute hin und her. Was ist los? Ein ziemlich breiter Bach läuft quer über den Weg. Patsch! der erste, der den Sprung wagt, liegt mitten im Wasser. Ein zweiter leistet ihm Gesellschaft. Jetzt springt keiner mehr. Wir gehen einfach durch das Wasser. Es reicht den Kleineren genau bis an die Hüften, füllt die Stiefel im Nu mit schlammiger Flüssigkeit und bei jedem Schritt spritzt es quatschend aus den Schaftenden. Drüben dauert es einige Zeit, bis wieder Ordnung ist. Mit höchster Vorsicht geht es dann weiter, einen Hügel hinauf — sssssss — das feine, zornige Pfeifen französischer Infanteriegeschosse klingt ganz nahe an den Ohren vorbei.

„Ladet das Gewehr! Marsch marsch! Hurra!"

Donnernd hallt tausendfaches Hurra an den Hängen wieder und mit einem Schlag ist die nächtliche Stille versunken. Wir stürzen mit vorgehaltenem Bajonett blindlings vor — hah! richtig, ein Schützengraben. Er ist schon völlig geräumt und nur weggeworfene Gewehre, Bekleidungsstücke und einige in der Nacht verschwindende Schatten beweisen, dass er besetzt war. Wie ein gestauter Strom wogen und branden die Sturmkolonnen um die Stellung, vermischen sich da, reißen dort ab und werden immer mehr in einen allgemeinen Wirrwarr gezogen. Von allen Seiten schrillen Kommandos.

„Erste Bataillon hierher!" — „Sechste Kompanie, rechts halten!" — „Lautersingen! Eigene Abteilung halt, nicht weiter vor!"

Von rechts schlägt wütendes Gewehrfeuer auf uns ein. Alles wirft sich zu Boden und nimmt das Feuergefecht auf, obwohl eigentlich nicht geschossen werden soll. Das Gefecht dauert nur einige Minuten — dann kehrt die ausgeschickte Patrouille und meldet, das Feuer komme von eigenen Truppen, die uns in der Dunkelheit für Franzosen hielten.

Wohl zehn Minuten ist völlige Ruhe, die dazu benutzt wird, die Abteilungen notdürftig zu sammeln.

Da . . . Wumm — Wumm! — Keine zwanzig Meter vor uns schlagen schwere Granaten ein und nun heulen auch schon die ersten Schrapnells über unsere Köpfe, so flach und niedrig, dass man sich ganz dicht an den Boden schmiegen muss, um keinen Volltreffer zu erhalten. Zum Glück platzen alle schadlos weit hinter uns. Es sind qualvolle Minuten. Aufstehen kann man nicht, liegen bleiben kann man auch nicht, denn die Granateinschläge rücken gefährlich nahe. Etwas links von uns krepiert ein Schrapnell genau über der Linie und in das betäubende Krachen des Geschosses gellt auch schon das entsetzliche Ausschreien der Getroffenen.

„Alles, was hier liegt, hundert Meter nach rechts, den Hang hinunter, marsch marsch!"

Wir rennen um unser Leben und der Lauf glückt. Am Rand eines großen Hopfenfeldes werfen wir uns nieder. Wir sind hier verhältnismäßig sicher. Keiner spricht ein Wort, alles liegt keuchend am

Boden, die kleinste Fiber zuckt vor wahnsinniger Erregung.

Endlich schaut einer auf die Uhr. Genau 1 Uhr nachts! Wo nur die Zeit hinkommt? Das Artilleriefeuer hat sich gelegt. Wir kriechen vorsichtig tiefer in den Hopfengarten und sammeln am hinteren Rand. Gegen achtzig Mann unter Führung eines Leutnants kommen nach und nach zusammen. Das Gefecht geht noch weiter. Auf allen Seiten kracht es, dazwischen hört man das scharfe Tacken eines Maschinengewehrs. Ganz nahe bei uns zischen Geschosse vorüber. Unser Führer biegt scharf nach rechts ab, wo das Feuer besonders stark herüberschallt. Wir geraten wieder an den Bach und müssen den nassen Spaziergang nochmal machen, haben aber den Vorteil, dass wir eine sichere Wegmarke besitzen, indem wir einfach im Bach aufwärts waten.

Peng — peng! Zwei Reihen vor mir greift sich einer an die Brust und stürzt. Im Laufschritt stürmen wir dann einem Gebäude zu, dessen Umrisse sich verschwommen von einem dunklen Baumhintergrund abheben. Aus dem Gebäude kommt rasendes Feuer. Hinter allen Fenstern blitzt es auf.

„Nach rechts und links schwärmen! Marsch marsch! Stellung!"

Wir jagen zum dritten Mal durch den Bach, werfen uns völlig durchnässt auf den feuchten Wiesengrund und nehmen das Haus, vor allem die Fenster, aufs Korn. So geht das Schießen hinüber, herüber, eine Stunde lang, eine zweite Stunde — es beginnt schon schwach zu dämmern. Endlich hören wir auch hinter dem Gebäude den wohlbekannten Ton unserer Gewehre, sehen dunkle Gestalten aus dem Tor huschen und über die Mauer klettern, grimmig von uns beschossen, und stürmen mit wildem Hurra auf das Haus zu, wo wir fast unseren Kameraden vom dritten Bataillon in die Bajonette rennen.

Moulin d'Einville steht über dem Eingang des Hauses. Wir suchen das ganze Gebäude vom Keller bis zum Boden ab, finden aber nur einen toten und zwei schwerverwundete Franzosen.

Es geht schon stark auf den Tag, als wir das Haus verlassen und zum Bataillon stoßen. Es ist hinter einer Anhöhe, fünfhundert Meter seitlich der Mühle von Einville, eifrig beschäftigt, sich einzugraben.

1.7 Die Unterhaltung am Fenster

„Schaut, dass ihr gleich hier in der Nähe unter kommt, damit ihr bei der Hand seid, wenn man euch braucht."

Der Adjutant winkt nun seinem getreuen Bataillonsstab über die Schulter zu und verschwindet in Eilzugstempo um die Ecke.

Da stehen wir nun, acht Mann, auf dem Marktplatz der nordfranzösischen Stadt Denain und gucken uns betroffen an. Quartiermachen ist sonst für den Soldaten eine recht angenehme Sache, aber hierzulande doch mit einigen Schwierigkeiten verknüpft. Selbst wenn wir die französischen Sprachkenntnisse in unseren acht Köpfen zusammenlegen, reicht es immer noch nicht für eine halbwegs verständliche Frage.

Doch langes Besinnen verschafft uns auch keine Unterkunft. Dazu haben wir eine Eisenbahnfahrt von fünfzig Stunden und einen Zwölfkilometermarsch in den Knochen, Grund genug, hundemüde zu sein. Also halten wir kurz Kriegsrat. Das Ergebnis ist die Auswahl der zwei besten Redekünstler. Einer davon bin ich.

Kamerad Krause und ich nehmen das Gewehr am Riemen über die Schulter, schauen uns auf dem Marktplatz um und nehmen, wie aus einem Gedanken, stracks Richtung auf ein Gebäude, dessen Stirnseite die beiden gewichtigen Aufschriften trägt: Republique Francaise und Maison Municipale.

Warum uns gerade dieses Gebäude Vertrauen eingeflößt hat, ist mir heute noch schleierhaft. Es stand etwas zurück von der Straße, als wollte es den Abstand zwischen sich und den gemeinen Bürgerhäusern betonen, und sah mit abweisender Würde her zu uns.

Natürlich ist das Haus verschlossen. Die Häuser sind immer verschlossen, wenn der Soldat Quartier machen will. Man kann sich vorstellen, dass das unsere Stimmung nicht besserte. In einigen Kolbenstoßen gegen die Tür entlädt sich der Ärger. Aber die Tür geht deswegen nicht auf.

Hilflos gucken wir uns an und sind schon im Begriff, unverrichteter Dinge abzuziehen. Da erhaschen wir eben noch, wie sich am Fenster eines einstöckigen Seitengebäudes ein Vorhang bewegt. Ein Wink den Himmels!

Madame Houdard öffnet erst nach mehrmaligem, immer stärker werdendem Pochen und dann tat sie es wahrscheinlich auch noch nicht aus Liebe zu uns, sondern aus Angst für ihre Fensterscheiben. Kamerad Krause greift entschlossen in den winzigen Spalt, den Madame freigibt und drückt den Fensterflügel mit sanftem Zwang auf. Ein erschreckter Aufschrei ist der erste Gruß aus französischem Frauenmund. Wir können Madame diese Begrüßung beim besten Willen nicht verdenken. Seit drei Tagen ungewaschen, sehen wir wie zwei richtige Grasteufel aus. Im Gesicht meines Kameraden wuchert ein wilder Feldzugsbart, einer grünen Flechte an einem alten Baumstamm ähnlich. Bei mir ist es etwas besser. Nicht etwa, weil ich sauberer bin, sondern weil mir die Natur den haarigen Saum um Kinn und Lippe haushälterisch zugemessen hat. Wahrscheinlich ist das der Grund, warum Madame Houdard nach dem ersten Schrecken zu mir erheblich mehr Vertrauen fasst als zum Kameraden Krause.

In unserem Feiertagsfranzösisch, bekräftigt und erklärt durch ausdrucksvolle Gesten, machen wir Madame mit unseren Wünschen und Absichten bekannt. Am Anfang stutzt die Frau. Dieser und jener Ausdruck löst ihr ein nachsichtiges Lächeln aus, aber sie versteht sehr schnell und geht ohne Sperren auf alles ein, was wir verlangen. Es ist nicht viel. Verpflegt werden wir aus der Feldküche, folglich kann es sich nur um Unterkunft Handeln.

Wir erfahren bald, dass Monsieur le maire gewöhnt ist, das Büro am Mittag zu verlassen.

Das leuchtet uns gleich ein, denn bei uns pflegt das mit den Beamten nicht anders zu sein. Madame will aber sorgen, dass wir ihn sprechen können. Wir danken vielmals für die Bereitwilligkeit. Kamerad Krause, aus natürlicher Anlage ein Freund guten und reichlichen Essens, hat während der Unterhaltung mehrmals unruhig in der Luft geschnuppert. Aus der anstoßenden Küche wehen aber auch zu verführerische Düfte. Madame Houdard entpuppt sich denn auch als recht gutherzige Frau, bietet uns von der Eierspeise an und ist sichtlich erfreut, dass wir ihrer Kochkunst Ehre antun.

Kamerad Krause hält es für seine Pflicht, die französische Küche im allgemeinen und die Küche von Madame im Besonderen zu loben und in kurzer Zeit hat sich die schönste Unterhaltung über Familienangelegenheiten entwickelt. Madame will wissen, ob wir verheiratet sind. Dass wenigstens ich das bejahen kann, gewinnt mir das Zutrauen der Madame in hohem Grad. Ehe zehn Minuten vorbei sind, wissen wir, dass der Mann von Madame Houdard als Dragoner eingezogen ist, dass sie zwei Kinder hat und dass Monsieur le grandpère es sich zur Ehre anrechnen würde, uns begrüßen zu dürfen. Monsieur Großvater wird uns also vorgestellt. Er liegt im Nebenzimmer, ein hochbejahrter, rechtsseitig gelähmter Herr, der sich sogar in seinem Bett erheben will, um uns mit dem Ausland eines gut erzogenen Franzosen entgegenzukommen. Nur Aufwand liebenswürdiger Gewalt kann den alten Herrn daran hindern.

Das ist nun doch eine merkwürdige Situation. Zwei deutsche Soldaten in schönster Unterhaltung mit einer französischen Familie über Dinge, die nicht die leiseste Spur von Feindschaft oder Verbitterung aufkommen lassen.

Auf dem Marktplatz dampfen friedlich die Schlote der Feldküchen. Soldaten gehen ab und zu, fassen ihr Essen und einige Unternehmungslustige verschwinden schon in den unterschiedlichen Estaminets, um das nordfranzösische Bier zu proben. Bild und Stimmung sind so friedlich, dass niemand an den Krieg im Land glaubt.

Ein junger, sechzehnjähriger Herr, die unvermeidliche Zigarette zwischen den Zähnen, unterbricht das Idyll. Er stellt sich wichtig als Abgesandter des Herrn Bürgermeisters vor und eröffnet, er sei beauftragt, mit uns zu verhandeln. Ein wahrer Schwall von Worten ergießt sich über uns. Der Jüngling sucht schadenfroh durch das Tempo seiner Rede auf unser Verständnis zu drücken und wir erwägen schon, ob nicht eine Ohrfeige das geeignete Mittel ist, solche Frozzelei zu enden. Wieder ist es Madame Houdard, die die Situation rettet und uns damit vor tätlichem Hergreifen an der französischen Staatsgewalt bewahrt. Sie setzt auseinander, dass es sehr schwierig ist, uns im Rathaus unterzubringen. Vielleicht versuchen wir es in einem Privathaus. Madame Serain, épicerie, gleich hier in der nächsten Straße, wird es sich gewiss zur Ehre anrechnen.

Wir sind hocherfreut über diesen Wink, erschöpfen unseren ganzen Vorrat an Liebenswürdigkeiten für Madame Houdard und verabschieden uns mit kräftigem Händedruck von Monsieur Großpapa.

Dann ziehen wir los, die Spezereihändlerin aufzusuchen und ihr die Ehre zu offenbaren, die sie erwartet.

1.8 Alarm

Die Witwe Serain zeigt sich anfangs gar nicht sehr erbaut von der Aussicht, unsere Quartiermutter zu werden. Lebhaft mit den Armen fuchtelnd, beteuert sie hartnäckig, es sei kein Platz da. Aber wir nützen diesmal unsere geringen Sprachkenntnisse schlau aus, indem wir alle Einwände der Frau überhören und mit zäher Unerbittlichkeit unseren Spruch hersagen: „Nous avons besoin de quartier pour cinq hommes, madame!"

Das sollte heißen, dass wir Unterkunft für fünf Mann brauchen. Dass wir drei Kameraden unterschlagen, geschieht, weil das Häuschen der Witwe Serain nicht aussieht, als könnte es acht Mann aufnehmen. Aber selbst fünf Mann sind der rundlichen Dame zu viel. Sie funkelt uns mit schwarzen Augen an schlägt die Hände über dem Kopf zusammen und schleudert uns, während sie mir beschwörend zwei Finger unter die Nase hält, immer nur das Wörtlein „deux" entgegen. Wir freuen uns, dass vorerst wenigstens zwei untergebracht sind.

Eine Stunde später gibt es eine geräuschvolle Szene zwischen uns und Madame Serain, denn statt zwei rücken acht Mann ins Quartier. Schließlich beruhigt sich aber die wackere Frau, besonders als sie merkt, dass wir manches zu kaufen haben und — was die Hauptsache ist — alles in Münzgeld bezahlen.

Um 3 Uhr nachmittags haben wir auf diese Weise ein Dach über den Kopf bekommen. Wir säubern uns gründlich und dann geht es an die Auslosung des Bettes. Es können nämlich auf keinen Fall mehr als zwei Mann auf einmal in dem Bett schlafen und wir einigen uns daher, das Los soll entscheiden, wer diese zwei Glücklichen sind. Wir anderen schlagen unsere Lagerstätte kreuz und quer im Zimmer auf.

Es hätte dieser Umstände gar nicht gebraucht. Die halbe Nacht mussten wir beim Befehlsempfang verbringen, nach Mitternacht gibt es eine Streife mit dem Adjutanten, weil sich über dem Canal de Douai Patrouillen herumschießen und so ging es schon stark auf den Morgen, als wir endlich zur Ruhe kamen.

Madame Serain ist von uns beauftragt, mittags eine Henne zu kochen, denn es fällt dem Soldaten nicht ein, schlecht zu leben, wenn er es gut haben kann.

Die arme Henne! Sie kocht vielleicht heute noch, wenn sie darauf wartet, von uns gegessen zu werden.

Gegen 12 Uhr kommt auf einmal Bewegung in die Stadt. Radfahrer sausen hin und her und richtig

— da steigt auch schon einer vor dem Quartier unseres Bataillonsführers ab.

Zehn Minuten später stehen wir um den Adjutanten und schreiben den Befehl nach, der gekommen ist.

Wir müssen sofort marschieren! Als wir mit dem Abmarschbefehl zu unseren Kompanien kommen — sie liegen im großen Gutshof des Monsieur Siriot —, prügeln uns die Kameraden um ein Haar. Keiner will zuerst daran glauben, allein wenige Augenblicke später heißt es schon, Gepäck auf und fertig zum Abmarsch.

Neben der Kirche am Rathaus ist der Alarmplatz. Es schlägt gerade 1 Uhr vom Turm. Fast auf den Schlag treffen sich die vier Kompanien, um den Vormarsch anzutreten.

Wohin es gehen soll, weiß kein Mensch. Der Soldat fragt auch nicht groß danach. Dass es kein

Ausflug wird, sieht jeder, als Marschsicherung antritt. Wir vom Bataillonsstab dürfen diese Sicherung bilden.

Schweren, wuchtigen Schritts zieht das Bataillon über den Marktplatz und durch die Hauptstraße, mit Denkmal des Marschalls Villars vorbei, der sehr verwundert unter der hohen Allongeperücke hervor auf die fremden Uniformen blickt. Unter den Haustüren stehen die Bewohner von Denain. Es ist ihren Mienen abzulesen, dass sie nichts gegen unseren Auszug haben.

Denain ist eine langgestreckte Arbeiterstadt und zeigt das typische Gepräge der nordfranzösischen Industriesiedlungen. An großen Fabriken geht unser Marsch vorbei, dicht vor der Stadt ragt die Schutthalde einer Kohlenzeche und hinter ihr dehnt sich endlos lang das flache Land der Artois.

Eile hat es mit unserem Marsch nicht. Wir machen öfter halt, die Offiziere studieren dann die Karten und rasch - sickert das Gerücht durch, es geht gegen Engländer, die vom Meer her kommen.

Vom Feind ist vorläufig nichts zu hören und zu sehen. Eine gut gangbare Pappelstraße führt uns in großen Windungen durch mehrere Ortschaften, in denen es bei unserem Einzug totenstill wird, obwohl die Bewohner den Ort nicht verlassen haben. Man fühlt fast die beobachtenden Augen dieser Menschen durch die Mauern, eine keinesfalls angenehme Empfindung.

Doch ereignet sich nichts. Kein Schuss fällt, es wird nichts nachgerufen, nur in einem Haus bricht ein Geschrei los, weil ein Offizier aufs Dach steigt, um nach dem Gegner auszuschauen.

Schon dämmert es stark und wir biegen eben wieder um eine Windung der Pappelstraße. Ein kurzer, scharfer Knall ertönt vor uns. Klatschend fährt das Geschoß in die Äste einer hohen Pappel und wirft Zweige auf uns.

Aus dem Dorf Lewarde, keine vierhundert Meter vor uns, ist der Schuss gekommen, der erste Schuss, der die schweren Kämpfe um Arras entfesseln sollte.

1.9 Die Sechs

Wir haben die Nacht in Oppy gelegen. Höchste Bereitschaft, also Stiesel am Fuß, umgeschnallt und das Gewehr im Arm. Die Strohschütte hat uns geschmeckt, obwohl ihre Unterlage aus lauter Rundeisen und ähnlich weichen Dingen bestand. Noch besser schmeckte uns aber das Huhn. Wir haben es am Abend erlegt und seine sterblichen Überreste mit Nudeln gekocht. Es war ein Staatsessen, anders als das Erzeugnis der

Feldküche, die wir übrigens auch schon dreißig Stunden nicht mehr gesehen haben.

Die ganze Nacht hat es vorn geknattert und geknattert. Unser drittes Bataillon liegt seit Nachmittag schon auf den Nebenfeldern und schießt sich mit französischen Jägern herum.

Wir stolpern hinein in die blickdicke Finsternis. Wohin? Wozu? Niemand hat eine Ahnung. Die Oktoberfrühe hängt sich feuchtkalt an unsere Kleider. Weitum lodern die Getreideschober. Schade um das schöne Brot!

In einem kleinen Waldstück — größere Wälder gibt es in der ganzen Gegend nicht — warten wir den Befehl ab. Die Sonne geht auf und kündet einen schönen Herbsttag an.

Vor uns eine Ortschaft, zwanzig Häuser, die sich um ein ganz stattliches Schloss mit stolzem Turm drängen. Fresnoy — sagt man uns. Dort sitzen noch die Franzosen. In ausgelösten Schwärmen geht es über die Äcker weg. Eben setzt unsere Artillerie ein und beschießt heftig den Saum des schönen Schlossparks von Fresnoy. Die Schrapnells fauchen vor uns her, außerordentlich gut gezielt mit Sprengpunkt zehn Meter über dem Boden und zehn Meter vor dem Parksaum. Dort kann sich kein Mensch halten. Das erwartete Schützenfeuer bleibt denn auch aus. Ohne Verlust erreichen wir den Parksaum, wo gesammelt wird. Hinter dem ausgedehnten Park tobt noch heftiges Feuer und einzelne ‚Ausreißer' summen mit zornigem Zirpen über uns weg.

Wir sollen uns am Rand des Gehölzes entlang ziehen. Was ist denn los, dass die Kolonne nicht vom Platz kommt? Die ersten Gruppen drängen sich rund um eine Stelle. Was es dort bloß zu schauen gibt?

Neben einander, Mann mit Mann in Tuchfühlung, liegen sechs Kameraden vom dreizehnten Regiment. Fast bei keinen, ist eine Wunde sichtbar. Die tödlichen Kopfschüsse sind seitlich gekommen und nur ein winziger Fleck unter der Schläfe deutet sie an. Den Toten ist der Tornister untergeschoben, die Hände sind über die Brust gefaltet, so dass in der Morgensonne hell der Ring am Finger des Feldwebels schimmert, der die tote Schar geführt hat.

Gruppe nach Gruppe schiebt sich an den Toten vorüber. Unsere Köpfe senken sich zum letzten Gruß und während noch die letzten Reihen als stumme Ehrenparade ziehen, entwickeln sich vorn schon wieder die ersten Reihen zum Gefecht.

Vorbei am Tod und jetzt gleich sehenden Auges hinein in den Tod!

1.10 Eingeschlossen

Die Loretto-Höhe liegt hinter uns. Wir haben sie fast ohne Kampf bestiegen, ohne zu ahnen, dass um diesen lächerlichen Hügel noch einmal Tausende fallen müssen.

Heute Abend wollen wir in Arras sein. Es ist notwendig und muss geschafft werden. Es geht auch ganz hübsch voran. Zum Greifen nah liegen vor uns zwei mächtige Türme, gotische Backsteintürme der Kirche von Mont St. Eloy, trutzig von halbem Hang her drohend. Weiter südlich sticht ein spitziger Zwiebelturm in die Luft. Das ist St. Laurent, die östlichste Vorstadt von Arras.

So das Ziel vor Augen, greifen wir an, lichte Schützenschwärme voraus, die Züge geschlossen hinterher. Eben entwickeln wir uns aus einem kleinen Waldstück, Richtung auf die weißen Häuser vor uns. Diese weißen Häuser sind die

Wirtschaftsgebäude von La Maison blanche, einem der zahlreichen Mustergüter in Artois. Recht geheuer kommt uns dieses „Weiße Haus" nicht vor. Sollte dort die Falle sein? Denn wir haben bisher kaum Widerstand getroffen. Nur schwache französische Patrouillen sind vor uns gewesen.

Von Süden her ein schwacher Knall, noch einer und noch einer, jetzt ein vierter. Ein unheimliches Heulen und Winseln folgt und rechts von uns spritzt die Erde meterhoch auf. Dann hinter uns, links von uns, vor uns.

Verdammt noch mal! Sie zirkeln uns mit Granaten ab. „In den Wald hinein! Marsch, marsch!" . . . Wir rennen, was die Lunge hält, denn gegen Granaten hilft Tapferkeit gar nichts. Da ist ein toter Winkel viel besser, in dem man nicht gesehen wird.

Die vier Schüsse folgen sich gleichmäßig. Immer schlägt erst rechts eine Granate ein. Wie ein wahnsinniges Karussell tanzen die Einschläge um eine bestimmte Achse. Es ist unser Glück, dass wir nicht mehr auf dieser Achse stehen. Vorläufig schießen die Kerle zweihundert Meter zu kurz, was uns nur lieb sein kann.

Plötzlich heult es seitlich über uns weg. Bisher haben alle Schüsse vor uns gelegen. Das kann gut werden. Jetzt schießt sich eine neue Batterie aus einer neuen Richtung ein. Sie vermutet uns wohl an der westlichen Ecke des Wäldchens, denn dorthin hält sie mit erstaunlicher Hartnäckigkeit.

Vorn nähern sich die Einschläge langsam. Sie geben drüben etwas zu, weil sie wahrscheinlich noch nicht recht an den Erfolg ihrer Schießkunst glauben, der bisher auch gleich Null ist.

Die Schießerei dauert endlos. Hoch steht die Sonne schon in ihrem Scheitel, als endlich

Feuerpause eintritt. Wir warten noch etwas ab, dann wird befohlen, hinter dem Gehölz zu sammeln. Darauf haben die französischen Beobachter aber nur gelauert. Kaum zeigt sich der erste Helm, da geht die Schießerei auch verstärkt wieder los. Diesmal greift noch eine Abteilung von der anderen Seite ein, so dass wir richtig vorn, rechts und links befunkt sind.

Mit Granaten wird denen drüben die Geschichte zu langweilig. Sie ahnen, dass wir im Wald selbst liegen, wo sie ihre Einschläge nicht beobachten können. Deshalb greifen sie zu Schrapnells. Äste und Zweige kommen haufenweise von den Bäumen und dazwischen schreit auch einer auf, weil eine Bleikugel auf den Helm geschlagen oder ihm Hose und Haut verbrannt hat.

Rums! Rums! . . . Nun wird's gut! keine hundert Meter hinter uns schnellt ein haushoher Qualmbaum auf. Schweres Kaliber!

Jetzt sind wir ganz eingeschlossen und hocken in unserem Wäldchen wie seinerzeit die drei Männer in ihrem Feuerofen, nur dass wir annähernd tausend Männer sind. Und mit dem Unterschied noch, dass keiner von uns Lust hat, Psalmen und Choräle zu singen...

Wir sind aus der Falle gekommen. Nicht einmal schwere Verluste hat es dabei gegeben. Als die Dunkelheit hereinbrach, empfahlen wir uns den eifrigen Batterien und rückten sachte nach rückwärts aus. Arras haben wir aber nicht gesehen...

1.11 Verwundet!

Es war wie ein Schlag mit einem Schmiedehammer gegen den Kopf. Gellendes Schreien fing mein halbes Bewusstsein noch auf, dann stürzte ich vornüber in einen endlos liefen, schwarzen Abgrund ...

Nur noch einige Minuten soll ich gelegen haben, erzählten mir nachher Kameraden. Wie ein Ertrinkender, der wieder hochkommt vom Grund, greife ich triebmäßig nach meinem Gewehr. Es liegt im Fetzen gehauen an einem Baum. Nur ein Gedanke beherrscht mich. Deine Bücher, deine Briefe! ... Die müssen mit zurück. Ein Griff nach dem Tornister, ein Aufschnellen aus der halbhockenden Stellung und was meine Beine können, sause ich den feindabgekehrten Hang der Höhe hinunter. Das Blut rinnt über das Gesicht und verklebt die Augen. Vom Rücken kriecht es weich und warm abwärts.

Krampfhaft presse ich den Tornister im Arm. Meine Bücher, meine Briefe...! Seltsam leichtes Gefühl, das mich beflügelt! Ohne scharf zu denken, kehrt mir immer und immer der

Gedanke wieder: Du wirst sie sehen, wirst Anna und die Kinder sehen, bald, bald... Nicht einen Augenblick dachte ich an die Wunde und ihre mögliche Gefahr. Hinausgehoben über alles, was mich umgibt, renne ich immer geradeaus den Weg zurück. Die Sonne liegt blendend auf meinem Weg. Plötzlich wird sie trüb, ihr klarer Schein dunkelt ab und jetzt ist alles finster, schwarz und finster wie die Nacht . . .

Eine gleichmäßig schaukelnde Bewegung weckt mich auf. Ich schwebe männerhoch in der Luft, auf den Schultern von vier Sanitätssoldaten und mein erster Blick trifft das Auge eines Reiters. Blau, ernst und ängstlich staunend hängt es einen Augenblick wie ein Stern über mir.

Ein Reiterregiment trabt vor, während ich zum Verbandsplatz zurückkehre.

1.12 Heimkehr

Am späten Nachmittag ist der Zug in Herbesthal eingefahren. Deutsche Worte, die ersten seit drei Tagen wieder, haben uns bei Einfahrt und Auszug begrüßt. Jetzt ist es Mitternacht vorbei und immer noch rasselt der Zug langsam durch die Nacht.

Wir sind müde und mundfaul geworden. Fünfzig Stunden von Cambrai her ist unsere lustige Kumpanei beisammen, lauter Verwundete von der Division. Tag und Nacht haben wir geredet, vom Krieg zuerst, dann von der Zukunft, von der Heimat und von den Lieben, die uns daheim erwarten. Jetzt ist alles gesagt und keiner hat etwas dagegen, dass die Reise endlich ein Ziel findet. Wir sollen nach Köln kommen und alle wissen Rühmliches von der Stadt zu sagen, die für die nächsten Wochen ihre Heimat werden soll.

Viele Lichter kommen in Sicht, ein großer Bahnhof muss in der Nähe sein. Schon Köln? Unmöglich, denn bei der langsamen Fahrt des Zuges ist das ausgeschlossen. Wir sind aber doch alle ausgemacht und sehr begierig, was nun kommt.

Düsseldorf! Alles aussteigen! . . . Wir drängen aus dem Wagen. Keiner hat noch große Lust, länger in dem Wagen zu sitzen, obwohl der Gedanke an die unmittelbare Heimat jedem lockend vorschwebt.

In der großen Halle wimmelt es von feldgrauer Menschheit. Dazwischen sind Samariter mit der roten Kreuzbinde, die mit dem Ausladen der Schwerverwundeten beginnen.

Essen und Trinken ist willkommen. Wir erledigen es und trachten nun, auch irgendwo unterzukommen. Es ist halb vier Uhr morgens.

Vor dem Bahnhofsgebäude warten schon die Straßenbahnen, die uns in die Lazarette bringen sollen. Ich steige mit einem Dutzend Kameraden ein und vertraue mich gläubig dem Straßenbahnführer an.

Es geht durch die Stadt, die bereits langsam erwacht. Ein fernes Rauschen und Schäumen spannt meine Sinne und jetzt gleißt auch eine breite Wasserfläche im fahlen Frühlicht auf.

Der Rhein! Der Rhein!

In einer Augustnacht haben wir ihn weit oben überschritten, zwischen Karlsruhe und Rastatt.

Jetzt ist es Mitte Oktober und wie viele von denen, die damals über den Rhein gefahren sind, kehren nie wieder zurück?

„An den Rhein, an den Rhein! Mein Sohn, zieh nicht an den Rhein . . ."

Wir müssen noch zu Fuß gehen, ehe wir unser Lazarett in Oberkassel erreichen. Die trüben Laternen strecken ihre langen Schattenarme aus, als wollten sie uns umarmen, uns willkommen heißen im Heimatland ..

Ich sehe noch ein freundliches Frauengesicht unter einer weißgestärkten Haube. Dann nimmt uns ein hoher, gewölbter Saal auf.

Gestiefelt und gespornt sinke ich ins Bett und ein tiefer, traumloser Schlaf behütet meine Heimkehr ins deutsche Land . . .

2. Bis Weihnachten

Er marschierte neben mir. Anfangs kümmerten mir uns recht wenig um einander. Die Welten, aus denen wir kamen, waren zu entfernt und die Unterschiede machten sich bemerkbar. Er — ein einfacher, unverbrauchter Bauernbursche, ich — der Großstädter mit dem leidigen Hang zum Besserwissen . . .

So redeten wir in den ersten Tagen nur das Notwendigste und manchmal hielt einer dem anderen das Gewehr, wenn er sich das schweißige Gesicht trocknen oder einen Schluck aus der Feldflasche nehmen wollte. Auf dem Weg dieser kleinen Handreichungen kamen wir uns langsam näher und gewöhnten uns dann recht schnell aneinander.

Peter Moosanger ließ es gutmütig schmunzelnd, geschehen, dass ich ihm dann und wann die geistige Höhe zeigte, aus der ich ihm gegenüber zu stehen meinte und schlug mich höchstens voll derber Bewunderung auf die Schulter, wenn ich eine nach seiner Meinung besonders treffende Äußerung tat. Nur in einem Punkt widersprach er mir und allen anderen unbedingt, und das war über die Dauer des Krieges. Wenn das Gespräch darauf kam, und das war ziemlich jeden Tag der Fall, so lachte Peter Moosanger über alle noch so scharfsinnigen Erläuterungen. Er hielt mit der ganzen Zähigkeit seines strenggläubigen Gemüts daran fest, dass er zu Weihnachten längst wieder in seinem weltentlegenen Heimatdorf sei, und fragte ihn einer, woher er das so bestimmt wisse, dann zuckte Peter die breiten Schultern und meinte geheimnisvoll: „Werd's scho sehen!"

Die Kameraden neckten ihn oft, indem sie lachend die Adresse der Wahrsagerin verlangten, der Peter diese Wissenschaft verdanke. Dabei hegte insgeheim jeder im Grunde seines Herzens die Hoffnung, Moosanger möge Recht behalten und diese Hoffnung frischten sie jeden Tag an der felsenfesten Überzeugung Peter Moosangers auf.

Außer dieser fixen Idee hatte Peter Moosanger noch eine Eigenheit, die ihn scharf aus der Masse der Kameraden hob: er schrieb leidenschaftlich gern und während andere ihre Ruhepausen mit Essen und Schlafen ausfüllten, saß, stand oder lag Peter, je nach Bequemlichkeit der Unterkunft und malte mit dem ernsthaftesten Gesicht von der Welt Karten und Briefbogen voll mit großen, ungelenken Buchstaben. War er um einen Ausdruck verlegen zum Beispiel das Wort Schrapnell wollte ihm nie recht eingehen, so kam er regelmäßig zu mir, rieb die mächtigen Pratzen am Hosenboden ab und begehrte Auskunft. Zum Dank durfte ich alles lesen, was Peter schrieb und ich muss sagen, dass unter den Millionen Briefen, die vom Feld heimgeschrieben worden sind, nicht viele die seltsame und rührende Schönheit dieser stilistisch, grammatikalisch und orthographisch nicht einwandfreien Episteln haben mögen. Und regelmäßig begann der Schlusssatz: „Bis Weihnachten komm ich wieder . .

Aus den Briefen erfuhr ich auch, dass Peter außer seiner alten Mutter noch ein Mädchen mit einem Kind daheim hatte. Alle Stellen in seinen Briefen, die an das Mädchen gerichtet waren, atmeten eine milde und raue Zärtlichkeit. Mit allen Fasern seiner kerngesunden Natur musste Peter an diesem Geschöpf hängen.

So zogen wir nebeneinander durch das deutsche und dann durch das französische Lothringen, schossen uns mit den Franzosen herum und oft genug bewarf dieselbe Granate Peter und mich mit dem gleichen Dreck. Rechts und links fielen die Kameraden — uns beiden geschah nichts, und als wir Lothringen mit Nordfrankreich vertauschten, hofften wir stark, auch auf dem neuen Kriegsschauplatz immer dort zu sein, wo die Geschosse gerade nicht einschlagen. Auf der ganzen drei Tage langen Fahrt hatte Peter mit unbegreiflicher Hartnäckigkeit behauptet, wir werden nun wohl kaum mehr eine Kugel pfeifen hören, und hatte von einer Stadt geschwatzt, in die wir angeblich als Besatzung kommen sollten. Acht Tage später lagen wir schon achtundvierzig Stunden in blutigen Gefechten gegen Arras, und Peter machte ein sehr nachdenkliches Gesicht, als ich ihn an seine Behauptung erinnerte.

Das Gefecht ging an dieser Stelle äußerst zäh vorwärts und wohl deswegen wurden wir in der Nacht gut drei Stunden nach rechts gezogen in der Hoffnung, hier mit unserem Angriff schneller durchzudringen. Im Morgengrauen schickte der Zugführer die acht Mann unserer Gruppe vor in eine Kapelle, die auf der beherrschenden Höhe stand. Hier sollten wir beobachten - eine ungemütliche Aufgabe, denn die Kapelle stand so im Richtkreis der französischen Artillerie, dass hundert gegen eins mit einer Beschießung zu rechnen war. Der Patrouillenführer schärfte uns deshalb auch äußerste Vorsicht ein.

Die Kapelle sollte eben neu hergerichtet werden. Baumaterial lag umher und einige volle Zementsäcke luden zum Hinsetzen ein. Langsam stieg der Unteroffizier die Leiter hoch und spähte durch ein kleines kreisrundes Fenster. Dann traf er seine Anordnungen. Jeder von uns musste eine Stunde auf der Leiter stehen und Ausguck halten. Die Sache ging glänzend. Den ganzen Vormittag und noch bis in den späten Nachmittag hinein blieb unser Posten unentdeckt und die französische Artillerie schoss überall anders hin, nur nicht auf die Kapelle. Einige Kameraden fingen schon an, sorglos zu werden und Peter, der eben zu beobachten hatte, steckte plötzlich in einem Anfall von Übermut den dicken Kopf durch das Fenster und schaute interessiert den einschlagenden Granaten zu. Das hatte aber noch keine fünf Minuten gedauert, da hörten wir über uns schon das bekannte unheimliche Singen.

Jetzt haben wir sie glücklich auf dem Hals. Hättest deinen verdammten Dickschädel auch unten lassen können..."

Die Kameraden waren wütend auf Peter, dass er das schöne Versteck verraten hatte und hielten mit Ausdrücken ihres Unmuts durchaus nicht zurück. Da... sssssl... mump! Ein betäubendes Krachen. Peter wurde durch den Luftdruck von der Leiter geworfen und mitten im Raum tanzte eine ansehnliche Granate wie ein wahnsinnig gewordener Kreisel immer um ihre Mittelachse. Gott sei Dank, nur ein Blindgänger! Nun aber raus aus der Kapelle. Wir stürzten in größter Hast durch die Tür ins Freie, gerade recht, denn als Peter kaum durchgewischt war, schlug schon die zweite Granate ein und diesmal war es kein Blindgänger. Rechts und links, vor uns und hinter uns spritzten Erd- und Mauerbrocken auf. Zu vier, sausten wir einem nahen Hohlweg zu und warfen uns direkt an der Böschung nieder. Kaum hatten wir uns ziemlich dicht nebeneinandergelegt, da hören wir schon das milde Pfeifen eines Geschosses; unwillkürlich schützt jeder die Augen mit der Hand — ein furchtbarer Krach und ein wilder unmenschlicher Schrei — Peter Moosanger hat die volle Ladung des Schrapnells in den Leib bekommen. Von uns ist nur einer und der ganz leicht verwundet . .

Das war um fünf Uhr abends. Zwei Stunden später holten wir die Leiche Peter Moosangers ab. Er war durch seinen Tod der Lebensretter von drei anderen Kameraden geworden, denn er hatte mit seinem Riesenkörper die ganze Wirkung des mörderischen Geschosses aufgefangen. Davon weiß der arme Bursche freilich nichts mehr, aber wir, die ihn dicht hinter der Kapelle begruben, danken es ihm.

Als der letzte Spaten Erde auf ihn fiel, dachten wir alle unwillkürlich dasselbe und einer gab dem Gedanken Ausdruck:

„Bis Weihnachten??..."

3. Die Wildsau und der Schimmel

Der Sanitätsgefreite Johann Frieser pfeift.

Wenn der Sanitätsgefreite Johann Frieser pfeift, dann ist sicher der Herr Stabsarzt daran schuld, der ihn wieder einmal gehörig angehaucht hat. Sie führen nämlich einen Krieg im Krieg, der Sanitätsgefreite Johann Frieser und der Herr Stabsarzt Dr. Salmonsohn.

Das ganze Regiment weiß davon und ergötzt sich weidlich über die umlaufenden Berichte dieses Privatkrieges.

Frieser ist fett, faul und frech, drückt sich bei jeder Gelegenheit und verschwindet sofort, wenn der Bataillonsstab einrückt, um für einige Stunden unsichtbar zu bleiben. Erscheint er dann wieder auf der Bildfläche, dann ist zehn gegen eins zu wetten, dass er auf den Beinen nicht mehr ganz sicher steht und im Umkreis einer Armlänge nach Alkohol duftet.

Der Stabsarzt Dr. Salmonsohn behauptet, dass Frieser noch an seinem Heldentod schuldig würde.

„Gefreiter Frieser, wo haben Sie wieder gesteckt? Jetzt wird mir die Geschichte aber zu dumm! Glauben Sie wirklich, man hat Sie nach Frankreich gefahren, damit Sie sich jeden Tag vollsaufen? Ich werde Sie dem Herrn Regimentsarzt melden. Verstanden?"

Keine Wimper zuckt in dem derben, wie mit einem Zimmermannsbeil zugehauenen Gesicht Friesers. Die kleinen, immer etwas verkniffenen Äuglein schauen geradeaus in die Luft über den kleinen, zierlichen Stabsarzt weg, der kurz kehrt macht und in seiner Unterkunft verschwindet.

Seit diesem Anpfiff lehnt der Sanitätsgefreite Johann Frieser an der Wand des noch fast erhaltenen Hauses, worin der Bataillonsstab untergebracht ist.

Lehnt dort und pfeift den schönen Choral: „Wer nur den lieben Gott lässt wallen . . ." Frieser pfeift nämlich meist Kirchenlieder.

Eine milde Oktobersonne bescheint das Dorf Arleur.

Blinzelnd guckt Frieser über die von hellen Lichtstreifen durchzogene Straße, reibt sich heftig und nachdenklich das von gräulichen Bartstoppeln bestandene Kinn und schwenkt mit einem plötzlichen Entschluss um die Straßenecke. Ein halbdunkler Hausflur schlingt die stämmige Gestalt ein.

Gegen Mittag geht Alarm. Schon den ganzen Vormittag ist vor uns geschossen worden, doch war deutlich zu hören, dass es sich dabei nur um kleinere Patrouillenkämpfe handeln konnte.

Wir sind auf der Dorfstraße angetreten, Gesicht nach dem Gefechtsturm. Die Anordnungen und Kommandos lassen keinen Zweifel: Wir kommen bald ins Feuer. Krankenträger und Hilfskrankenträger sind schon ausgetreten und haben sich um den Stabsarzt versammelt.

Einer fehlt noch, der Sanitätsgefreite Johann Frieser.

Der Stabsarzt Dr. Salmonsohn tritt von einem Fuß aus den anderen, zerrt wütend an seinem dunklen Stutzbart und zeigt große Lust, loszuplatzen.

Das Regiment tritt an. Wir vom zweiten Bataillon sind Unterstützung, schließen also zuletzt auf. Eben kommt der Befehl: „Tornister auf! Gewehr in die Hand!", als hinter uns ein Poltern und

Rumpeln anhebt, als ob ein Haus einstürzen wollte.

Um die Straßenecke schiebt sich langsam ein feldgraues Hinterteil. Die Füße mit aller Gewalt eingestemmt, scheint der Mann aus Leibeskräften an einem heftig widerstrebenden Gegenstand zu zerren.

„Hundsheiter, französischer! Hundsheiter, französischer, willst oder willst net!"

Jetzt sieht man auch das hochrote Gesicht des Sanitätsgefreiten Johann Frieser, dicht gefolgt von einem struppigen, ungepflegten Pferdekopf, so dass es wirklich schwer zu unterscheiden ist, wo der Mensch aufhört und das Pferd beginnt.

Mit lästerlichen Fluch- und Schimpfworten reißt Frieser die sehr störrische Mähre am Zaum, lässt dazwischen einige Lock- und Schnalzlaute einfließen und erreicht schließlich doch, dass das Vieh nachgibt.

„Frieser, Menschenskind, was wollen sie bloß mit der Schindmähre? Sie wollen wohl gar spazieren fahren?"

Frieser grinst dem Stabsarzt breit ins Gesicht, ehe er vorschriftsmäßige Haltung annimmt.

,,'tschuldig'n, Herr Stabsarzt! Den Gaul hab' ich gefunden und denkt, 's könnt' nix schad'n, dös Luder, dös bockbeini, a bißl fahrt!"

Ein zweifelnder, aber nicht unfreundlicher Blick Dr. Salmonsohns beantwortet die lange Rede. Es leuchtet dem Arzt ein, dass es unter Umständen von großem Wert sein kann, Verwundete schneller, als dies mit der Tragbahre möglich ist, zurückzuschaffen.

Frieser wartet gar keine weitere Antwort ab. Er versetzt dem durstigen Tier — es ist ein durch längere Vernachlässigung verschmutzter Schimmel — einige aufmunternde Püffe, schwingt sich stöhnend auf den Bock des kleinen Wagens und fährt hinter der Truppe her.

Der Anblick ist köstlich. Immer wieder wenden wir die Köpfe, um das Bild zu genießen.

Der Wagen ist ein kleines, viereckiges Kastenfahrzeug, ähnlich den Wagen, mit denen man bei uns daheim Kleinvieh transportiert. Davor der knickebeinige Schimmel, der bedächtig und wie verwundert den struppigen Kopf schüttelt und darauf der Sanitätsgefreite Johann Frieser, über das fette, schwitzende, im Glanze seiner wochenlangen Ungewaschenheit prangende Antlitz schmunzelnd.

Die Fahrt geht nicht so glatt und einfach, wie sich das der faule Johann Frieser hinterlistig eingebildet hat. Der Schimmel bleibt öfter ruckartig stehen. Frieser, der einen kleinen

Nachmittagsnicker nicht verschmäht, wird jedes Mal so aus dem Gleichgewicht geschüttelt, das er wie ein Ertrinkender mit den Armen rudert, um nicht vom Bock zu fallen. Eine Flut von Verwünschungen ergießt sich als nächste Folge über den Schimmel, der dadurch aber nicht aus seiner Gemütsruhe zu bringen ist. Schließlich bleibt dem Sanitätsgefreiten Frieser nichts übrig, als sich vorauszuspannen und dem Schimmel durch gutes Beispiel die Notwendigkeit des Ziehens zu beweisen. Dieses gute Beispiel wirkt auch prompt. Der Schimmel wacht aus seinem Hinbrüten auf und setzt sich in Galopp. Fluchend, schreiend, beschwörend rennt dann Frieser neben dem Durchgänger her, bis es ihm gelingt, das Pferd zu beruhigen.

„Hundsheiter, französischer! Wann i di nur steh g'lass'n hätt'!"

Frieser fährt eben mit uns in gleicher Höhe.

„Na, Wildsau! Wohin willst denn mit deiner Karbolkutsche?"

Solche und noch derbere Scherze fliegen hinüber. Frieser weiß, dass mit der „Wildsau" er und nicht etwa der Schimmel gemeint ist. Im ganzen Regiment wird er mit diesem Namen gerufen, der zwar für einen Menschen nicht schön, bei Frieser aber überraschend zuständig ist.

„Red' net su blöd, du Deppl Warst ja doch froh, wannst aufsitz'n kännst. Awa do hot's was . . ."

Die Wildsau ist nicht übelnehmerisch, doch zu weit darf man es mit dem Sanitätsgefreiten Frieser nicht treiben. Er ist für seine urwüchsige Grobheit bekannt.

Wir liegen am Waldrand, jeden Augenblick des Befehls zum Eingreifen gewärtig. Das Gefecht ist in vollem Gang.

Gedeckt hinter einer großen Strohdieme, steht der Wagen mit dem Schimmel. Ein Krankenträger liegt davor und hält das Tier am Zaum. Frieser ist schon vorn in der Gefechtslinie. Wir wissen das alle. Denn so faul und unlustig die Wildsau im Quartier ist, bei den ersten Schüssen ist er nicht mehr zu halten. Seine Kaltblütigkeit hat dem Sanitätsgefreiten Frieser schon das Eiserne Kreuz eingetragen und zu einer anderen Auszeichnung ist er bereits vorgeschlagen.

Von Zeit zu Zeit erscheinen am Ausgang des Waldweges Leichtverwundete, die noch selbst den Verbundplatz aussuchen können.

Nun tauchen zum ersten Mal die Krankenträger mit der Bahre auf. Sie bringen einen Schwergetroffenen und legen ihn hinter der Strohdieme bei dem Wagen nieder. Gleich gehen sie wieder vor, um den nächsten zu holen. Frieser ist nicht dabei.

Die Krankenträger kommen wieder mit einer Last.

Das heftige Gefecht nähert sich uns. Wir müssen wohl jeden Augenblick schwärmen. Die ersten Geschosse surren über unsere Köpfe, rechts von dem kleinen Wäldchen, an dem wir liegen, haben die Franzosen verlängert und schießen mit Maschinengewehren rasend in die Richtung der Straße. Kleine Staubsäulen, eine neben der anderen, puffen auf der Straße hoch ... die Einschläge der Geschoßgarben.

„Hallo, Kameraden! Daher und helft's tragen!"

Der Sanitätsgefreite Frieser schleppt einen blutüberströmten Körper aus dem Wald. Zwei, drei Leute springen ihm zu Hilfe.

„Treib' den Heiter rum ... I will fahren . . . Dö zwa Leut' müss'n in aner halb'n Stund im Feldlazarett sei', sonst is 's g'fehlt mit dena. . ."

Da sind auch schon die zwei Verwundeten in den Wagen gehoben, gut mit Stroh unterlegt und Frieser zerrt seinen Schimmel auf die Straße. Der Kamerad spricht heftig auf ihn ein, weist lebhaft gestikulierend nach den unaufhörlich einschlagenden Geschossen der Maschinengewehre und scheint sich redlich zu bemühen, die Wildsau von dem gefährlichen Unternehmen abzuhalten.

„Ach wos! I fahr' und wenn die Franzmänner mit zwatausend Mutter Gottes (Maschinengewehren) herschiaß'n."

Damit fährt er los. Wir schauen in größter Erregung dem verwegenen Kutscher nach. Wenn nur der Schimmel nicht mitten auf dem Weg stehen bleibt. Die Wildsau steht auf dem Kutschbock, fuchtelt mit den Händen nach allen Windrichtungen und brüllt auf seinen Schimmel ein, dass abgerissene Worte bis zu uns herüberdringen.

Der Schimmel hält sich brav. Mächtig ausgreifend trabt er die Straße entlang . . . Jetzt müssen die Franzosen den Fahrer bemerkt haben. Die kleinen Säulen folgen dem Wagen, kommen ihm näher und näher . . . verflucht! Frieser krümmt sich zusammen . . . Er muss getroffen sein.

Aber nein! Schon richtet er sich wieder zu seiner vollen Höhe auf. Führt sich mit drei Fingern über den Mund, streift die nassen Finger an seinem Hosenboden ab und streckt die so abgetrocknete Handfläche, höhnisch herausfordernd, nach den Franzosen aus ... Eine Pantomine von unmißverständlichem Sinn.

Dann verschwindet die Wildsau und ihr Schimmel um die Straßenbiegung.

Der Sanitätsgefreite Johann Frieser und sein Schimmel haben die Fahrt noch öfter gemacht. Es gibt eine Anzahl Menschen, die ihnen und nur ihnen das Leben verdanken und die jener französischen Granate gram sind, die an einem Dezembermorgen, aus blinder Ferne abgefeuert, Mann, Pferd und Wagen zerschmettert hat.

Dicht beieinander begrub man sie, die Wildsau und den Schimmel, den deutschen Mann und das französische Pferd, die dem Tod so oft den Weg abliefen...

4. Der Tannenzweig

„Du, Peter..."

„Hm. — Was willst denn?"

„Es ist wirklich Weihnachten geworden. In drei Stunden ist der Heilige Abend. Aber noch immer keine Post. Verdammte Bummelei — das!"

„Na, es wird schon noch werden. Mittags sind doch vier Mann vom ersten Zug zurück in die Unterkunft. „Zum Postempfang!" hat der Zugführer noch extra gesagt. — Du, dass wir zwei da nicht mit sein können. Wäre doch ein ganz feiner Druckpunkt. Pass auf, heute Nacht erwischt's uns auf Sappenwache. Ja, wer halt das Glück hat!"

„Sicher sind die Brüder beim Marketender eingekehrt und finden die Tür wieder nicht eher, als bis es finster ist."

„Hätten wir das anders gemacht? Man muss mitnehmen, was einem in den Weg kommt. Ihren Weg finden sie und dass sie heut noch kommen, dafür sorgt schon der Feldwebel. Du kennst den Alten doch?"

Der Landwehrmann Peter Mutz pufft seinen Kameraden, den Landwehrmann Michael Waldner, aufmunternd in die Rippen, zieht vorsichtig den rechten Stiefel aus dem Grabendreck und schlenkert den Fuß wie eine Katze, die ins Wasser getreten hat.

„Saustall, verfluchter! Sag mir bloß, Michl, wo das Wasser alles herläuft? Wenn ich jetzt denk, wie's bei mir daheim ausschaut — überall fester Schnee, der Boden so fest und glatt wie im Tanzsaal. Michl, schön wär's doch, wenn Frieden wär!"

„Rindvieh!?"

Ganz langsam und bedächtig wendet Peter Mutz den Kopf seinem Nachbarn zu, der auf einem Grabeneinschnitt sitzt und heftig an einer Pfeife zieht.

„Meinst du mich? — Hast ja recht. Dumme Gedanken sind das mit dem Frieden, aber sag selber, schön wär's doch!"

„Mir wär's lieber, wenn erst die Post käm. — Die können mich doch nicht vergessen. — Oh, na, na — ausgeschlossen!"

Michel Waldner nickt bekräftigend und fährt sich mit der linken Hand sinnend durch den wuchernden Vollbart. Kamerad Peter lächelt ihm gutmütig zu, spitzt dann gedankenvoll die Lippen und pfeift leise und gefühlsselig vor sich hin:

„Nach der Heimat möcht ich wieder, in der Heimat möcht ich sein."

Der späte Nachmittag hängt trübe Schleier über das weit hinaus ebene Gelände. Unendliche Schwermut brütet auf dem pikardischen Land, das in seiner bäum- und höhenlosen Flachheit vor dem Auge zu fliehen scheint. Der Regen hat die Luft mit Dünsten geschwängert und steht zwischen den Stellungen in Pfützen, die wie erblindende Augen zum Himmel starren.

Peter Mutz unterbricht sein Pfeifen.

„Merkwürdig still ist es doch da drüben. Nicht einmal der August schießt. — Du, Michl, ob die Franzosen auch an Weihnachten denken."

„Warum denn nicht! Sie haben doch auch Weiber daheim und Kinder."

„Aber wie ist's bei ihnen mit dem Weihnachtsbaum? In dem Land gibt's doch keine Tannen oder Fichten."

„Ich weiß nicht. Sie werden halt auf den Tisch stellen, was sie haben."

„Richtige Weihnachten ist das aber doch nicht. Weihnachten ohne Tannenbaum!"

„Wir haben doch auch keinen. — Aber, das ist ja gleich. Die Post soll kommen."

Im Graben entsteht Bewegung. Aus den Unterständen schlüpfen die Leute und spähen nach der Richtung aus, wo der Laufgraben in die Stellung mündet. Dort taucht manchmal ein grauer Höcker über den Rand, verschwindet wieder, erscheint an einer anderen Stelle und jetzt —

„Hurra, die Post! - Für mich was dabei? — Für mich?"

Vielstimmig schallen die Fragen durcheinander, und nur mit Mühe erwehren sich die Postempfänger des jubelnden Ansturms. Wer selbst im Feld war, weiß, dass Postempfang für den Soldaten das größte Erlebnis ist.

Michael Waldner hat die Pfeife aus dem Mund genommen; ein glückliches Lächeln spielt um seine Lippen.

„Endlich, Peter, endlich! Es wird doch was für mich dabei sein?"

„Natürlich, Michl! Warum soll denn gerade für dich nichts dabei sein?"

Peter Mutz ist ein beneidenswert gleichmütiger Mensch; doch die zitternde Erwartungsfreude des Kameraden steckt auch ihn an.

Unterdessen geht die Verteilung der Pakete im Graben vor sich. Jeder zieht sich mit seinem Schatz in einen Winkel zurück und macht sich an das Auspacken.

„Waldner! — Michael Waldner! — Wo ist denn der Waldner?"

„Hier! — Hier im Graben, Kamerad!"

Die Stimme Michael Waldners hat einen rauhen Beiklang, deutlich hörbar trotz des halblauten Tons, in dem er ruft:

„Obacht! Hopp! — Hopp!"

Über die Schulter fliegen zwei graue Päckchen. Um ein Haar wäre das zweite im Dreck gelandet, wenn es Peter nicht im letzten Augenblick aufgefangen hätte.

„Peterl, Kamerad, Freund — zwei Pakete, zwei, denk bloß, Mensch."

„Na also. Hab ich's nicht gesagt?"

Mit zitternden Fingern nestelt Michael Waldner an den Verschnürungen. Sind die Finger klamm oder hat sie die Freude steif gemacht?

Es ist schon ziemlich dunkel geworden, so dass Michael Waldner den Brief ganz nahe an die Augen halten muss.

Für einige Minuten herrscht völlige Stille. Man hört nur das Atmen der beiden Männer.

„Von meiner Frau . . Sie schreibt, dass es ihr und den Kindern soweit ganz gut geht ... Bloß, dass alles so teuer ist . . . Daran können wir doch auch nichts ändern, nicht wahr, Peter?"

Peter schüttelt nur den Kopf; sagen konnte er auch gar nichts, weil ihm Michael Waldner eine halbe Tafel Schokolade in den Mund geschoben hat, während er selbst an einem Stück Apfel kaut.

„Schmeckt doch schön, so ein bisschen Schleckerei!"

Fast verlegen gucken sich die zwei rauen, wetterharten Männer an und Peter verschluckt sich, was ein unterdrücktes Husten und Räuspern im Gefolge hat.

„Man ist das Zeug halt doch nimmer gewöhnt", meint er entschuldigend.

Michael Waldner kramt inzwischen seine Herrlichkeiten weiter aus. Plötzlich hält er inne, hebt den grauen Pappumschlag zur Nase und schnuppert hinein. Dann stülpt er beinahe feierlich den Karton um und hält einen kleinen, grünen Tannenzweig in der Hand und einen Zettel, auf dem mit großer, ungelenker Kinderschrift zu lesen steht: „Vater, als Weihnachtsbaum".

„Aus unserem Wald . . . von meinem Hans geholt ... Er ist gerade vier Jahre gewesen, wie ich fort bin . . . Wie doch die Zeit vergeht! . . ."

Der Landwehrmann Michael Waldner knüpft den Mantel auf. Die harten, rissigen Soldatenhände streicheln liebkosend über den Tannenzweig, ehe sie ihn zwischen dem dritten und vierten Waffenrockknopf befestigen. —

„Die Wachen fertig machen zur Ablösung! — Waldner und Mutz in den Sappenkopf!"

Die beiden Landwehrleute greifen nach den Gewehren, ziehen den Leibgurt etwas nach und verschwinden geräuschlos in der Nacht.

Doch ehe sie hinausgingen, hatte Michael Waldner die Hand auf die Stelle seines Waffenrocks gedrückt, wo der Tannenzweig ruhte.

Und Peter Mutz hatte zufrieden gelächelt.

5. Die Wölfe

Man hat im Lazarett viel Zeit zum Erzählen, und es wird darum auch viel erzählt. Zwar kennt jeder Soldat den Krieg und weiß, dass überall scharf geschossen wird. Von der Schießerei will man deshalb auch nicht viel hören. Aufmerksame Zuhörer finden aber immer Geschichten, in denen irgendein merkwürdiger menschlicher Zug zum Vorschein kommt.

In unsern Saal kam eines Tags mit anderen ein westpreußischer Grenadier, den es ziemlich schwer am rechten Bein erwischt hatte. Ein sehr ruhiger, verschlossener Mensch, dem man jedes Wort mit der Zange aus dem Mund holen musste. Die ersten acht Tage redete er überhaupt außer den üblichen Grüßen keinen Ton und horchte nur immer mit unbeweglichen, Gesicht, was die anderen zu sagen hatten. Dass manchmal kaum glaubliche Räubergeschichten verzapft wurden, hatte er bald begriffen.

Wir wunderten uns daher nicht wenig, als Kamerad Tomschik sich eines Abends umständlich räusperte und nachdem er einige Mal Luft geschnappt halte, in dem etwas singenden Tonfall seiner Heimat begann:

„Das war gegen Ende letzten Jahres. Wir lagen damals in der Nähe von Lida. Keine schöne Kante, Kameraden! Eine Gegend, wo sogar die Wanzen Läuse haben . . . Stellung war nicht. Sie wurde noch gebaut. Wir machten Alarmunterkünfte in elenden Russennestern, wo uns das Ungeziefer alle Haare vom Kopf gefressen hat. Jeden dritten Tag kam man auf Feldwache, immer so drei Gruppen mit einem „Spieß" oder einem Offizierstellvertreter als Wachhabenden. Abends gondelten wir los, marschierten zwei Stunden und lösten die alte Wache ab. Dann ging das

Vergnügen an, die Posten aufzusuchen. Es war damals grimmig kalt und die Leute verkrochen sich in allen Löchern. Geflucht wurde nicht wenig, bis man sie da aufgestört hatte. . . . Ich und mein Kamerad Kruschke — der arme Kerl ist auch schon draufgegangen — lösten Doppelposten 3 ab, der an einer Straßenkreuzung stehen sollte. Von der Kreuzung war nichts zu sehen und wir fielen uns bald Hals und Bein kaputt, bis wir den Posten fanden. Der lag in einer Schneewehe an der Böschung, weil der Wind dort nicht gar so grimmig zog. . . . Die ersten zwei Stunden war nichts passiert. Die Russenposten standen an einem Waldeck. Wahrscheinlich lagen sie auch hinter einem Busch und wünschten den Krieg und die Kälte zum Teufel. . . . Um 3 Uhr früh zogen Kruschke und ich zum zweiten Mal auf. Weil wir nun den Weg wussten, ging die Geschichte viel einfacher als das erste Mal. Wir traten uns die Beine etwas in den Leib, dösten etwas vor uns hin und kippten dazwischen die Buddel, denn ein guter Schnaps ist eine Gabe Gottes. Nach einer halben Stunde stieß mich Kruschke in die Rippen und deutete in die Nacht. Man konnte kaum die Finger vor den Augen sehen. Über das Brachfeld neben uns huschten Schatten, kaum zu unterscheiden vom Boden. Nur wenn sie auf uns zukamen, funkelten eine ganze Reihe Lichter wie glühende Kohlen auf. Dazwischen ein heiseres Schnaufen, Jappen und Schnarchen. Das ging in einem Kreis um uns herum, der immer enger wurde. Ich sah Kruschke an, der mir heiser zuraunte: ‚Wölfe!'

Da hockten wir in der Falle. Den Augen nach zu urteilen, musste es ein hübsches Rudel sein, das da seine Polonäse vor uns tanzte. Plötzlich kracht ein Schuss aus dem Wald, und gleichzeitig geht ein lautes Geschrei log. Aus dem Wald stürzen die russischen Posten, laufen gerade auf uns zu und feuern dazu ihre Büchsen blindlings nach allen Seiten ab.

Wir hatten Tomschik ruhig erzählen lassen, und auch jetzt, nachdem er fertig war, rührte sich keine Widerrede. Einer nach dem anderen legte sich aufs Ohr und bedachte die Erzählung.

6. Die Wandlung

Früher galt Lucien Simblot allgemein als Glückspilz. War er doch der einzige von seiner Belegschaft, der bei dem furchtbaren Unglück auf Zeche „Sallaumines" davonkam. Die Witwen der toten Kameraden sagten ihm das oft genug und dabei betrachteten sie seinen Armstumpf mit fast neidischen Blicken. Lucien gab zu, dass eine ganz wundersame Vorsehung über ihm gewaltet haben musste. Aber er hatte nichts dagegen, wenn ihm jemand dieses Glück als Verdienst anrechnete und mit Ehrfurcht von Lucien Simblot sprach, dem einzigen Überlebenden von Courrières.

Das war nun anders geworden. Niemand achtete mehr sonderlich auf ihn, seit der Krieg da war und Hunderte armlos machte. Seit vier Tagen weilte Georges Tartin in Bully, ständig umringt von einem Bekanntenschwarm. Jeder will wissen, wie und wo Georges den Arm gelassen hat und Georges ist nicht der Mann, zu schweigen. Schwungvoll und mit bedeutendem Gestenaufwand berichtet er von seinen Heldentaten. Zwar hat er auch nicht mehr verloren als Lucien Simblot und wer weiß, ob die Umstände, unter denen es geschah, schrecklicher waren als bei Luciens Unfall. Allein sein Armstumpf erschien den Leuten nun einmal in einem besonderen Licht. Sie woben um den leerbaumelnden Ärmel Georges Tartins einen Schein von Ruhm, vor dem Lucien Simblot und sein Schicksal verblassten.

Ein dumpfer, unterirdischer Groll nagte an Lucien Simblot. Er fand sich beschämt, zurückgesetzt, unbeachtet. Schon einmal waren ihm solche Empfindungen aufgestiegen, damals bei der Gestellung. Als die Freunde und Bekannte an jenem ersten Augustsonntag nach der Garnison zogen, hatte ihr Taumel auch ihn ergriffen. Lucien sah sich auf einmal wieder in der stattlichen Uniform der 8. Dragoner, bei denen er seine Jahre abgedient hatte und eine heftige Sehnsucht wachte in ihm auf, einen Pferdeleib zwischen die Schenkel zu drücken. Ein wunderlich unzufriedenes Gefühl trieb ihn, die Freunde bis zur Stadt zu geleiten und nur schwer trennte er sich am Kasernentor von ihnen. Was ihm bisher Schicksal schien — seine Verstümmelung — erschien ihm jetzt als gegen seine Person gerichtete Bosheit. Zornig schüttelte er den leeren Rockärmel und es kam ihm vor, als schmerzte der traurige Stumpf.

Wochen waren vergangen. Lucien Simblot saß in seinem Pförtnerhaus am Zecheneingang, erwiderte die Grüße der Vorübergehenden und unterhielt sich mit den wenigen Arbeitern, die zurückgeblieben waren, von den Ereignissen. Die Schlacht an der Marne war gewesen, auch der Rausch, den sich Lucien aus Freude über den Sieg angetrunken hatte. Seit einigen Tagen war die friedliche Gegend von unruhigen Gerüchten erfüllt. Die Angst, dass der Krieg auch nach Bully kommen könnte, eilte den Tatsachen mit Riesenschritten voraus und warf Aufregung in jedes Haus. Und an einem schönen Morgen des endenden Septembers standen die Einwohner von Bully vor ihren Häusern und schauten dem Durchzug der eigenen Truppen zu, die sich in stundenlanger Kolonne vorbeischoben. Lucien lehnte an der Mauer seines Pförtnerhauses, zog angestrengt an der Zigarette und lächelte dazwischen unsicher, wenn ein Zuruf aus dem Glied zu ihm herüberflog. Er empfand jeden einzelnen Soldaten, der an ihm vorbeischritt, als stillen Vorwurf eigenen Unvermögens und um die aufsteigende Wut darüber zu unterdrücken, stürzte er ins Haus, raffte alle erreichbaren Weinflaschen, Essvorräte und Tabakpakete zusammen und verteilte den Vorrat unterschiedslos an die vorbeimarschierenden Truppen. Lautes Hallo dankte ihm dafür und in diesem lärmenden Dank fand Lucien einige Befriedigung.

Zwei Tage nach dem Durchmarsch fiel ein dumpfes Schüttern, wie von einem fernen Gewitter, durch das Fenster in Luciens Pförtnerstube. Der horchte auf und ein ingrimmiges Grinsen flog über sein Gesicht.

„Brave Kinder! Sie werden es den ‚Boches' schon besorgen."

Diese Ansicht vertrat er entschieden auch den anderen gegenüber, die auf der Dorfstraße standen und besorgt dem dumpfen Rollen lauschten.

Am Abend war das Dorf wie vom Irrsinn ergriffen. In hastigem Marsch zogen wieder die Truppen durch, aber diesmal nach der Gegenseite.

Verschwitzt, abgehetzt, tiefe Schmutzfurchen in den gespannten Gesichtern, drängten sie vorbei. Wirre Ausrufe wirbelten durcheinander und nur eins war schmerzhaft klar und verständlich: Die ‚Boches' mussten noch diese Nacht, sicher aber morgen früh hier sein. Schreie des Entsetzens, der Wut, des Vorwurfs verschmolzen sich in der staubgeschwängerten Luft. Alles drängte sich in die Häuser, riss an sich, was gerade unter die Hände kam und dann wanderte das Dorf — Männer, Weiber, Kinder und Vieh — den abziehenden Truppen nach.

Lucien Simblot erlebte das alles in einem Zustand halber Bewusstlosigkeit und ungläubigen Staunens. Was hatten die Menschen nur? Wie gebannt starrte Lucien dem Zug nach, strich sich die schweißigen Haare aus der Stirn, als das Ende — es war die Schwanzspitze von Jean Dibonels Kuh — um die Biegung verschwand und ging wortlos in das Pförtnerhaus.

Es mochte knapp Mitternacht vorbei sein. Krachende Schläge gegen das eiserne Zechentor scheuchten Lucien aus seinem Brüten auf. Schnauben und Scharren deutete auf die Gegenwart von Pferden, und unheimlich widerhallten die wuchtigen Stöße gegen das Tor in der Stille des toten Dorfes. Sechs, acht Reiter standen abgesessen auf der Straße und zwei davon wuchteten mit ihren Stahllanzen gegen das Torgitter. Barsche, in ihrer Halblautheit drohend klingende Worte empfingen Lucien, als er im dunklen Torraum erschien. Er verstand den Sinn dieser Worte nicht, sie kamen ihm lächerlich und unnötig vor: das Blut schoss ihm in die Schläfen und jagte bei jedem Stoß an die Pforte vom Wirbel bis zur Zehe. Aus dem Hintergrund kam eine Gestalt auf Lucien zu. Er sah zwei scharfe, blaue Augen drohend auf sich gerichtet, und dann forderte die Gestalt in tadellosem Französisch, das Tor müsste sofort geöffnet werden. Wie unter einem Zwang folgte Lucien augenblicklich dem Befehl.

Was für seltsame Dinge doch der Mensch erlebt? Da stand ein ‚Boche' und redete im schönsten Klang der Welt, in der Sprache aller großen Helden, die je gelebt haben. Lucien Simblot war doch so fest davon überzeugt, dass die Deutschen wie die Hunde heulen, wenn sie etwas ausdrücken möchten. Das mochte wohl nicht ganz stimmen.

Der Patrouillenführer schob Lucien vor sich her und nötigte ihn in die Pförtnerstube. Rasche, misstrauische Blicke tasteten alle Winkel des Raumes ab, dann verschwand langsam der lauernde Zug auf dem Gesicht des Führers. Einige Fragen, nach Name und Beruf beantwortete Lucien in halber Betäubung.

Schwere, taktmäßig klappernde Schritte klangen die Straße herauf. Infanterie rückte ins Dorf ein.

Jetzt bogen sie ab und Lucien sah die schwankenden Schatten auf sich zukommen. Im Zechenhof endigte der nächtliche Spuk. Das Klappern von Feldkesseln, das scharfe Reiben der Metallteile weckten Lucien vollends auf. Er wusste plötzlich ganz klar um die Lage.

Der Patrouillenführer sagte daher nichts Nettes mit dem Hinweis, dass Lucien Simblot gut täte, die Luft zu verändern, weil es voraussichtlich in wenigen Stunden bös zugehen würde um Bully, Lucien Simblot schüttelte nur den Kopf, setzte sich auf seinen gewohnten Platz am Ausguck des Straßenfensters und erwartete völlig unbewegt durch die Vorgänge um sich her den Morgen.

Es wäre doch vielleicht besser gewesen, wenn Lucien Simblot dieser Mahnung mehr Gehör erwiesen hätte. Denn mit der aufgehenden Sonne brach die Hölle über Bully und die vor einigen Tagen noch so friedliche Gegend herein.

Lucien fuhr im Innersten erschrocken aus seinem Halbschlummer auf, als die erste Granate über Bully wegheulte und am Ortsausgang schmetternd einschlug. Fassungslos starrte er auf die schwarzgraue Rauchwolke, die hinter dem Klostergarten hochschwellte. Dann sah er nur noch Hunderte feldgrauer Gestalten im Laufschritt durch die Straßen rennen.

Zwei Tage und zwei Nächte kauerte Lucien Simblot im Keller seines Pförtnerhauses. An Essen und Trinken dachte er keinen Augenblick, so eingefangen fühlte er sich von dem furchtbaren Gewitter des Artilleriekampfes. Endlich am Morgen des dritten Tages entfernte sich der höllische Lärm und nahm wieder das dumpfe Grollen eines fernen Gewitters an, das Lucien Simblot schon kannte. Tausend Gedanken und Empfindungen waren durch Lucien gegangen während seiner Kellereinsamkeit, aber er hatte nicht vermocht, auch nur einen fest zu formen.

Als er wieder oben in seiner Pförtnerstube stand, half ihm der grause Augenschein einen um den andern entbinden. Das also war der Krieg? Dort über der Straße qualmte Binauds Haus und daneben ragten schwarzverkohlte Mauerreste unheimlich in den klaren Oktobertag. Wer hatte herübergeschossen? Die eigenen Leute. . . . Lucien Simblot dachte angestrengt über das Unfassliche nach und suchte nach einer Erklärung dafür. Er fand keine andere, als dass der Krieg die Hölle selber sein müsse.

Lucien Simblot blieb in Bully. Der Krieg war weiter nach Westen gezogen, doch war er immer noch nahe genug, um zu jeder Stunde von neuem hereinbrechen zu können. Die französische Artillerie suchte manchmal die Etappengemütlichkeit etwas zu stören, indem sie ein Dutzend Granaten achtbarsten Kalibers hereinwarf. Im Ansang erinnerte sich Lucien Simblot noch manchmal seines Kellers, aber langsam fiel der Schrecken auch von dieser Erscheinung des Krieges ab. Lucien blieb hinfort ruhig in seiner Klause sitzen, wenn das bekannte Heulen erklang.

Man hatte ihn ungestört gelassen. Der Etappenkommandant sah seinen körperlichen Zustand als Ausweis einer stillschweigenden Erlaubnis an und da Lucien Simblot sich fast nie außer seinem Pförtnerhause blicken ließ, wich bald jeder Argwohn.

Lucien Simblot war nie ein großer Denker gewesen. Er hatte den Tag genommen, wie er kam und da sich seine Tage glichen wie die Wassertropfen, war ihm schließlich keiner mehr voll ins Bewusstsein gekommen. Das einzige Ereignis seines Lebens war der furchtbare Tag gewesen, als Zeche Sallaumines in die Luft flog. Daran dachte Lucien Simblot jetzt oft, sehr oft. Er fühlte wieder den schweren Schlag an den Kopf, der ihn bis in den hintersten Schachtwinkel schleuderte. Was war denn nur geschehen? Er musste wohl lange in diesem Winkel gelegen haben. Das nächste, woran er sich ganz deutlich erinnerte, war ein dumpfes Pochen gegen die verschüttete Schachtwand. Hatte er damals nicht aufgeschrien wie ein verwundetes Tier? Ja, und nach einer Stunde, die ihm eine Ewigkeit erschien, hatte er menschliche Stimmen gehört. Sie sprachen nicht wie hier zu Lande, es war ein rauer und harter Ton in ihrer Sprache, aber ihm kam sie damals vor süßer als Engelszungen. Später, als er nach der Amputation aus seiner Bewusstlosigkeit erwachte, hatte man ihm erzählt von der deutschen Hilfsmannschaft, die über den Rhein gekommen war, um den verunglückten Berufsgenossen beizustehen.

Lucien Simblot wurde bei diesen Erinnerungen unruhig. Ein zwiefältiges Gefühl zerrte ihn hin und her. Das war doch damals schön von diesen

Deutschen. Aber warum hatten sie jetzt bloß Frankreich überfallen und in den schauerlichen Krieg verwickelt?

Wieder vergingen Wochen. Der Winter neigte sich seinem Ende zu und noch immer tobte der Kampf. In Bully herrschte Ende März eine lebhafte Bewegung. Neue Truppen waren aus Deutschland angekommen, stämmiger Ersatz aus Westfalen und dem rheinischen Kohlengebiet. Lucien Simblot achtete dieses Ereignisses kaum. Er saß wie gewohnt an seinem Ausguck, rauchte seine Zigarette und fuhr erst aus seinem Brüten auf, als eine Faust derb an das Fenster klopfte. Etwas unwirsch öffnete Lucien den Flügel und fragte nach der Ursache der Störung. Zwei vierschrötige Deutsche standen auf der Straße und einer davon erkundigte sich in leidlichem Französisch nach der Zeche Sallaumines. Lucien Simblot wurde aufmerksam, beugte sich über die Fensterbrüstung und suchte durch einige Fragen den Grund des Interesses für die Zeche zu erforschen. Die zwei Deutschen unterhielten sich inzwischen lebhaft und aus den Bewegungen schloss Lucien, dass die Unterhaltung mit der Unglückszeche zusammenhängen müsse. Dringlicher wiederholte er seine Frage an den einen. Die Aufklärung war schnell gegeben. Die beiden Feldgrauen waren Teilnehmer an der Hilfsaktion damals gewesen und wollten nun die Gelegenheit benützen, sich den Schauplatz ihres Liebeswerkes wieder anzusehen.

Ein tiefes, seltsam warmes Gefühl stieg in Lucien Simblot auf. Da draußen standen zwei Männer, denen vor wenigen Jahren Tausende seines Landes die Hände gedrückt hatten; sie standen draußen als Feinde. Was Feinde? Hatte der Mann, der ihm als erster die Hand in den verschütteten Schacht streckte, nicht genau so ausgeschaut wie der Große, Starke draußen mit dem braunen Spitzbart?

Lucien Simblot trat mit einem Ruck vom Fenster zurück. Ein Aufatmen hob seine Brust und es war, als ob mit diesem Aufatmen aller Druck von ihm gewichen wäre. Wo hatte er denn all die Zeit hingedacht? Wie konnte er jene Tat edler Brüderlichkeit so vergessen?

Der Sinn des Lebens, der ihm bisher verrückt war durch den Taumel der Gegenwart, trat wieder in den Mittelpunkt seiner Seele.

Lucien Simblot schritt über den Hof, öffnete das Zechentor weit und streckte den beiden die Hand entgelten. Ein verwundertes Staunen von ihrer Seite, dann war die Brücke des Verstehens geschlagen.

Die Hände ruhten ineinander.

7. Ein Wiedersehen

Beim ersten Sturm auf die Loretto-Höhe hat es uns beide erwischt, meinen Freund Streicher und mich. In der gleichen Sekunde von der gleichen Granate... Ihm hatte ein Splitter den Oberschenkel durchschlagen, mir ein Eisenteilchen den Knochen am rechten Hinterkopf jämmerlich geprellt. Beide waren wir dann durch das kleine Holz dem Verbandsplatz zugehinkt, er mit eingekniffenen Lippen, ich mit unheimlich sausendem Schädel.

Nach zwei Stunden hatten wir unseren Wundzettel am dritten Mantelknopf hängen und fuhren einträchtig die sieben Kilometer zurück ins Feldlazarett nach Bois-Bernard. In der kleinen Dorfkirche waren Strohsäcke auf den Boden geworfen und Pferdedecken darüber gelegt. Wir nahmen zwei dieser königlichen Lagerstätten mit Beschlag. An die hundert Mann lagen oder saßen auf den Strohsäcken. Ein riesenhaft gebauter Krankenwärter ging zwischen den Reihen auf und ab und suchte mit Worten unbeholfener Güte die besonders Aufgeregten zu beruhigen.

Eine unvergessliche Nacht folgte. Wir lagen halbaufgerichtet in den Decken, den Kopf in die Hand gestützt und unterhielten uns halblaut. Der Raum war ein einziges Wimmern und Stöhnen. Gequälte Laute, wilde Schreie, inbrünstige Sehnsuchtsrufe schwirrten wie aufgescheuchte Vögel durch das Kirchenschiff. Wohl zwanzig vom Tod Gezeichnete fabelten in abgerissenen Worten von ihren Erinnerungen. Manchmal ein schriller, gurgelnder Schrei, dem eine unheimliche Stille folgte. . . Fünfmal in dieser Nacht hörten wir diesen Schrei und stießen uns jedes Mal mit leisem Schaudern in die Seite, froh, wenn wir merkten, dass keiner von uns eingeschlafen war. „Wieder einer! ..." Wie ein Automat bewegte sich nach jedem Schrei der

Krankenwärter mit schlürfenden Schritten auf die Richtung des Schreies zu, bückte sich zu Boden und zog die Decke über einen Körper. Er musste wohl unsere großen, fragenden Blicke bemerkt haben, als er wieder vorbeikam, denn er zuckte verlegen die Achseln...

Wir redeten die ganze Nacht, krampfhaft bemüht, ein Thema zu finden, das uns wach erhielt. Unser Lebenslauf, die Familienverhältnisse, alles war schon durchgesprochen, als endlich ein fahler Schimmer durch die Fenster fiel, der uns den nahenden Tag kündete. In dem einen Fenster stand das Gemälde des heiligen Barnabas. Die zum Segen erhobene Hand deutete gerade auf uns und mit sanftem Lächeln schien der sehr freundlich aussehende Heilige — sein koket, frisierter Kopf mit dem tadellos gezogenen Scheitel wird mir unvergesslich bleiben - - eine Predigt zu überlegen.

Kamerad Streicher atmet deutlich hörbar auf, wozu ich beistimmend nickte. Nur nicht noch eine solche Nacht erleben müssen! Fort aus dieser Hölle, schnell fort!

Gegen Mittag kamen die Lastautos und nahmen die Transportfähigen mit. Ich war dabei. Freund Streicher, dessen Wunde in der Nacht schlimmer geworden war, musste bleiben.

Wir drückten uns kräftig die Hand. Denn eine solche Nacht kittet die Menschen ...

Seit dieser Nacht sind zwei Jahre vergangen, zwei Jahre, in denen sich Tag für Tag wiederholt hat, was uns im Feldlazarett zu Bois-Bernard so ungeheuerlich erschienen war.

Mich hat der Krieg auf die Seite geworfen. Ich bin für ihn erledigt. Mein rotes Rentenbuch erinnert mich an ihn und die Bilder, die keine Zeit aus meinem menschlichen Gedächtnis brennen wird.

Meinen Kameraden Streicher habe ich in diesen zwei Jahren mit keinem Auge gesehen. Zufällig wurde mir gesagt, dass er ausgeheilt, felddienstfähig geworden, schon lange wieder in der Front stehe. Was ist auch der einzelne in solchem Aufruhr, der die ganze Welt erfasst und schüttelt?

Denke ich an die Nacht von Bois-Bernard, dann ist mir Freund Streicher sofort gegenwärtig. Ich sehe ein kluges, scharf markiertes Gesicht mit den dunklen, lebenden Augen. Ja, ja, die Wagen besonders. . . Sie haben in jener Nacht so viel Wissen und menschliches Leid, soviel Verstand und kräftigen Willen geoffenbart.

In den letzten Tagen bin ich öfter an einem Speziallazarett vorübergegangen. Schwere Kopfschüsse, vor allem Augenverletzungen werden dort behandelt. Das Lazarett liegt mitten in der Stadt an einer sehr belebten Straße.

Gestern war es nun. Nach meiner leidigen Gewohnheit ging ich ziemlich schnell und mit vorhängendem Kopf die Straße vor dem Lazarett entlang und wäre fast an jemanden gerannt, der mir entgegenkam. Zwei Soldaten, ein ganz junger, der mich mit der Hand aus dem Weg drängte und an seinem Arm ein älterer mit leicht ergrautem dunklem Haar. Ich sah erst im letzten Augenblick auf und war mit meinem Gesicht dem älteren Soldaten ganz nahe.

Ein Blitz, der vor mir niederfährt, konnte nicht lähmender wirken, als dieses Gesicht. Die Nacht von Bois-Bernard stand nun mit schmerzhafter Deutlichkeit vor meinem Gedächtnis und zu dieser Nacht gehört unlöslich dieses Gesicht, dem ich da auf Handbreite gegenüberstand.

Kamerad Streicher! Er und kein anderer. Mit dem merkwürdig angespannten Gesichtsausdruck eines Menschen, der eine Dunkelheit zu durchdringen sucht, sah er geradeaus vor sich hin. An der rechten Schläfe brannte eine blutrote Narbe.

Es gibt Schicksale, die jedes Wort ausschließen.

Ich trat scharf zurück an die Mauer, zog den Hut vor dem jungen Führer des Blinden, der mich verständnislos ansah und murmelte einige Worte, die wohl etwas wie eine Entschuldigung bedeuten sollten.

Die beiden schritten an mir vorbei, der Blinde den Arm seines Führers vertrauensvoll an seinen Arm gepresst, den markanten Aufriss des Gesichts etwas vorgeneigt, in leichtwiegenden Gang Fuß vor Fuß setzend.

Als schon längst die Tür des Lazaretts hinter ihnen ins Schloss gefallen war, stand ich noch immer barhaupt am gleichen Fleck und starrte vor mich in die Luft, die in seltsamen Kreisen und

Ringen mit wahnsinniger Schnelligkeit um mich schwang...

8. Der erste Gang

Als dem invaliden Musketier Tüchsen aufgetragen wurde, sich am Nachmittag beim Orthopäden zur Anprobe des fertigen Kunstbeins einzufinden, brummte er eine sehr respektlose Bemerkung in den flachsblonden Zwickelbart. Kommt der Mensch niemals zur Ruhe? Jetzt sollte er wieder auf den Krücken über die Straße humpeln und sich über das dumme Gegaffe mancher Leute ärgern, die ihn anstarrten, weil so ein großer, himmellanger Mensch wie er natürlich komisch aussah, wenn er mit den ungewohnten Hölzern über das Plaster stakte.

Musketier Tüchsen dachte voller Wut an die verfluchte Granate und an den unbekannten Kanonier, die ihm beide in der Champagne von seinem rechten Bein geholfen hatten. Hätte das Teufelsding nicht hundert Meter weiter weg krepieren können? Die monatelange Liegerei in den Lazaretten mit der fast täglichen Behandlung des Beinstumpfes ging noch an, obwohl man dabei genug auszuhalten hatte. Er war doch schließlich kein Wachsmeier, der bei jedem kleinen Schnitt Zeder und Mordio schrie. Aber die langweilige Geschichte mit der Prothese musste einen Menschen borstig machen. Ein Bein ist doch schnell weggeschossen. Warum geht es da so langsam, bis es wieder notdürftig durch Holz ersetzt ist?

Beim Orthopäden traf Tüchsen bereits Gesellschaft an. Zwei Kameraden saßen rittlings auf einem Tisch, rauchten, was die Lunge hielt und versuchten dazwischen einen erzwungenen Scherz, dem man die Gewaltsamkeit schon von weitem anmerkte.

Während sich Tüchsen in einen Stuhl fallen ließ und die Krücken bedächtig neben sich hin stellte, sah er sich aufmerksam in dem Raum um. Es war weiter nichts zu sehen, als einige Modelle und ein langgestreckter Laufkarren, an dem die ersten Übungen mit den Prothesen vorgenommen werden. Trotz der also wenig aufregenden Umgebung konnte Tüchsen ein unbehagliches Gefühl nicht loswerden, das sich nach seiner Art in einem unzufriedenen Brummen Luft schaffte.

„Bist auch bestellt, Kamerad? Hast du das Übungsbein schon hinter dir?"

Ein stämmiger Artillerist wandte sich mit diesen Fragen an Tüchsen. Der zog erst das mit einer großen Stecknadel befestigte Hosenbein stramm, bevor er antwortete.

„Die Geschichte kriegt hoffentlich heute einen Punkt. Ich bin schon sechsmal bei dem Holzbeinschuster; den soll der Teufel reiten, gibt er mir heute mein Bein nicht."

Der Orthopäde musste die letzten Worte noch gehört haben. Sie waren gefallen, als er eben zwischen Tür und Angel stand. Über das Gesicht des mittelgroßen, klug blickenden Herrn zog ein leises Lächeln, als er Tüchsen begütigend auf die Schulter klopfte.

„Na, nur nicht so wild, lieber Tüchsen! Prothesen sind keine Granaten, von denen man in einem Tag dreitausend Stück dreht. Gerade ihr Bein hat mir tüchtig zu schaffen gemacht. Jetzt ist es aber auch fertig und wir wollen gleich sehen, wie es ausgefallen ist. Nur wollen wir zuvor die beiden anderen Herren bedienen. Ich habe bei ihnen nur Maß abzunehmen."

Nach zehn Minuten waren die zwei Kameraden bedient und entfernten sich sichtlich erleichtert.

Unterdessen hatte sich Tüchsen so weit entkleidet, um die Prothese am Leib zu befestigen. Der Orthopäde unterrichtete ihn nochmals in den wenigen Handgriffen der Vorrichtung, woraus Tüchsen mit seiner Hilfe begann, den Mechanismus anzulegen, der nun ein Bestandteil und kein unwichtiger, seines Körpers sein sollte. Die Sache ging wirklich nicht schwer, was Tüchsen veranlasste, einige anerkennende Worte über die Wissenschaft im allgemeinen und über die Geschicklichkeit des Orthopäden im Besonderen zu sagen.

„Jetzt wollen wir aber das Gehen probieren. Das ist bei der ganzen Geschichte doch immer das Wichtigste. Was hilft das schönste Kunstbein, wenn man damit nicht laufen kann."

Schwerfällig erhob sich Tüchsen von seinem Stuhl, stützte sich wuchtig auf den vom Orthopäden bereitgestellten Stock und strebte mit zwei großen, raumgreifenden Schritten dem Laufbarren zu.

„Langsam, lieber Herr Tüchsen, langsam! So geht das nicht. Sie müssen immer bedenken, dass Sie nur ein wirkliches Bein haben, das unter allen Umständen nun Rücksicht nehmen muss auf die Prothese. Und nicht wahr, so arg eilt es doch vorderhand auch nicht?"

Tüchsen biss sich auf die Lippen. Verwünscht, das konnte nett werden. Er, gewohnt mit seinem Jagdhund um die Wette zu laufen, sollte nun hübsch vorsichtig Schritt vor Schritt setzen. Bei seinem Temperament! Wie viel Flüche würde er da erfinden müssen, bis er sich endlich an den Zustand gewöhnt hatte!

Dreimal ging Tüchsen in dem Laufbarren hin und her, abgesehen von einem Übertreten des Fußes, ohne weiteren Unfall. Jetzt musste er die Übung vor dem Barren machen, doch immer noch in Reichweite der Stangen, für den Fall, dass er kippen sollte. Auch das ging, wenn auch mit saurem Schweiß.

„So, nun versuchen Sie es einmal ganz frei. Nur langsam, hübsch langsam! Und immer aus der Hüfte gehen, Herr Tüchsen!"

Wohl zehnmal ließ der Orthopäde den Invaliden im Zimmer auf- und abgehen. Dann rückte er ihm den Stuhl hin, und während sich Tüchsen erschöpft niederließ, prüfte der Orthopäde die Spannung der Riemen und die Geschmeidigkeit der Gelenke an der Prothese.

„Alles in Ordnung! Trauen Sie sich den Weg nun bis zur Haltestelle zu, oder soll ich Ihnen jemand zur Begleitung mitgeben?"

Tüchsen schüttelte verneinend den Kopf, gab dem freundlichen Mann dankbar die Hand und verließ, langsam Schritt vor Schritt setzend, die Anstalt.

Es war doch merkwürdig. Da hatte er nun einen künstlichen Fuß und er spürte doch ganz deutlich das Knie, die Fußsohle, die Zehen, alles Dinge, die seit elf Monaten Gott weiß wo vermoderten.

Das leise Knirschen der Riemen, dann und wann auch ein feines Knacken von Metallteilen gemahnte ihn immer wieder an die Wirklichkeit.

Nun würden sie ihn ja bald daheim sehen. Antje, seine Frau und Klaus, sein wilder, kleiner Junge, dem er kurz vor dem Krieg noch das Laufen beigebracht hatte.

Wie wird Klaus heute laufen? Besser als sein Vater, denn bei ihm geht es auf zwei echten, gesunden Beinen...

Heiß stieg es bei diesem Gedanken in der Brust Tüchsens auf und ehe er es noch hindern konnte, rann es glühend aus den weit offenen, starr geradeaus gerichteten Augen.

Das war die erste und die letzte Träne, die Musketier Tüchsen seinem verlorenen Bein nachweinte. Als er bei der Haltestelle ankam, zeigte er wieder das gewohnte, harte Gesicht eines vom Leben geschmiedeten Mannes.

9. Der Mann, der die Heimat sucht

Diese Zeit wälzt Lasten aus Menschenseelen, deren Gewicht jeden kleinsten Schein von Sonne und Freude erdrücken muss. Uralte Mythen künden uns von Menschen, die durch das Gedächtnis von Zeiten und Völkern schreiten, keuchend unter dem Verhängnis, das eine missgünstige Gottheit ihnen auflud.

In einem kleinen Kreis wurde eine Geschichte erzählt, der eine Schickung von wahrhaft antiker Wucht zugrunde liegt.

In den schrecklichen Anfangskämpfen bei Verdun warf es neben hundert anderen seines Bataillons auch den Sohn eines begüterten Bauern aus einem oberfränkischen Dorf. Eine schwere Granate platzte dicht bei ihm und als man den Mann nach Stunden zurücktrug, gab er kaum noch ein Lebenszeichen. Dabei wies er keine äußere Verletzung auf.

Der bewusstlose Körper wurde in ein Heimatlazarett gefahren. Den Ärzten war der Mann ein Rätsel. Stumm und teilnahmslos lag er in den Kissen, die Augen immer geschlossen und nur selten durch eine Bewegung andeutend, dass noch Leben in ihm war. Erst nach Verlauf einer Woche konnte der Arzt feststellen, dass der furchtbare Luftdruck der Granate dem Manne zwei Sinne zerstört hatte. Er war zugleich blind und taub geworden. Die anfängliche Befürchtung, auch die Sprache könnte verloren sein, wurde nach zehn Tagen als falsch erwiesen. Der Mann murmelte einige unverständliche Worte, tastete mit den Händen die Bettdecke entlang und fragte mit leiser, bewegter Stimme, wo er sei. Die Schwester streichelte seine Hände und sah hilflos zum Doktor auf, der mit gefurchter Stirn dabei stand.

Es gab keine Verständigung. Fast jede Stunde wiederholte der Mann seine Frage und immer lauschte er mit angestrengter Miene nach der Seite, von wo er den Hauch eines menschlichen Atems im Gesicht spürte. Dann sank er wieder in die Kissen zurück und hielt das Gesicht starr zur Zimmerdecke gerichtet.

Das ging zwei Monate lang einen Tag wie den anderen. Das körperliche Befinden des Mannes war ausgezeichnet. Ein innerlich kerngesunder Mensch, er aß und trank, was ihm gereicht wurde und dankte manchmal mit unbeholfenen Worten. Er war ein guter Patient, leicht zu behandeln; nur wenn er fragte, wo er sei und keine Antwort vernahm, schwollen ihm die Stirnadern und ein gereizter Ton schrillte in seiner Stimme.

Man überwies ihn zur Behandlung einer Universitätsklinik. Der Lazarettarzt glaubte fest an eine nervöse Störung, die sich eines Tages plötzlich beheben würde. Vielleicht konnte dieser

Tag durch Behandlung mit Spezialinstrumenten beschleunigt werden.

Die Reise in die neue Heilstätte vollzog sich glatt. Der blinde und taube Mann spürte wohl, dass er den Ort wechselte, aber alle Fragen, wo er denn sei, waren umsonst.

Der Fall erwies sich als hartnäckig. Nach drei Monaten Behandlung war noch keine Änderung des Zustandes zu merken. Der Mann hörte nicht und sah nicht, er fragte nun auch nicht mehr, wo er wäre. Dafür bat er jeden Tag: „Ich möcht' halt heim!" Stundenlang sprach er diese Bitte vor sich hin, im Schlaf schrie er sie flehend hinaus, so dass der Professor eines Morgens beschloss, den Vater des Mannes kommen zu lassen. Vielleicht bewirkte die Freude der Begegnung, was die Instrumente der Wissenschaft nicht vermocht halten.

Vier Tage später stand der Vater im Empfangsraum der Klinik. Der Professor legte ihm in schonenden Worten den Fall seines Sohnes klar, sprach auch von dem günstigen Einfluss, den er sich von der Begegnung erhoffe, und ermahnte den Bauersmann, beherrscht zu bleiben. Nur ein leichtes Zucken lief über das harte Gesicht des Vaters, als er das erschütternde Schicksal seines Sohnes vernommen hatte. Seine schlimmsten Ahnungen waren übertroffen.

Die Begegnung verlief ohne jedes Ergebnis. Der Sohn spürte wohl, dass jemand an seine Seite trat, aber keine Stimme der Natur sagte ihm, dass es der Vater sei. Er murmelte nur: „Ich möcht' halt heim! Heim möcht ich halt!"

Der Professor nahm den Vater auf die Seite und fragte, ob er bereit sei, den Sohn heimzunehmen. Ein wortloses Kopfnicken war die Antwort. Der Vater müsste aber sofort telegraphieren, wenn sich auch nur ein leiser Schimmer des Gesichts oder des Gehörs melde. Wieder ein stummes Kopfnicken ...

In später Nacht fuhr der Bauer mit seinem blinden und tauben Sohn in die Heimat. Ein Pfleger begleitete sie. Sie saßen still nebeneinander, den Blinden zwischen sich. Und auch da flehte der Sohn von Zeit zu Zeit: „Ich möcht' halt heim!"

Fünf Wochen war der Mann nun schon im väterlichen Haus. Er wusste es noch nicht. Wer soll ihm auch sagen, wo er ist? Er sitzt zwischen Vater und Mutter, aber er sieht sie nicht und kann auch nicht hören, was sie sprechen. Wohl sind bei ihm Tast- und Geruchsinn schon wunderbar entwickelt und dass er sich nicht mehr im Lazarett befindet, ist ihm aufgegangen. Dass er aber daheim ist, ahnt er nicht. Darum bittet er oft, wenn die Eltern seine Hände halten, flehentlich: „Ich möcht' halt heim! Heim möcht' ich!"

Geht der Vater durch das Dorf, so ziehen alle tief den Hut, die ihm begegnen. Die einfachen Gemüter seiner Dorfgenossen empfinden ehrfürchtig die Schauer des außerordentlichen Schicksals, das seine hohe Gestalt umwittert. Man wagt nicht, ihm Trost zuzusprechen.

Dann ist dem Vater ein Einfall gekommen, wie er vielleicht doch dem blinden und tauben Buben die Heimat nahebringen könne, die er so sehnsüchtig sucht und die ihn doch schon besitzt. Er führt ihn durch das ganze Haus. In den Viehstall, in die Scheunen, auf die Wiesen und Felder hinaus, immer hoffend, ein jäher Blitz der Erkenntnis möchte in das Dunkel zünden. Nichts, nichts erinnert den Blinden an Gelebtes.

So geht in einem einsamen, weltverlorenen Dorf Oberfrankens ein junger Mensch durch die Welt, mit allen Fibern des Herzens die Heimat suchend, ein Mensch, der in der Heimat ist, es aber nicht weiß...

Ende

Weitere Romane von Alexander Kronenheim:

Alarich – Der Eroberer von Rom [ISBN: 9783741208737]

Unter der Macht Roms [ISBN: 9783741237423]

Rom im Untergang (Reihe)

Teil 1 – Eine neue Macht [ISBN: 9783734787911]

Teil 2 – Kampf in Germanien [ISBN: 9783734787928]

Teil 3 – Die Rückkehr der Götter [ISBN: 9783734745560]

Teil 4 – Entscheidungsschlacht Frigidus [ISBN: 9783734791222]

Teil 5 – Aetius - Roms letzter Adler [ISBN: 9783738635034]

Teil 6 - Aetius – Attilas Zorn [ISBN: 9783738635874]

Teil 7 – Aetius – Zerstörung Aquileias [ISBN: 9783738635904]

Die Schlacht bei Fehrbellin [ISBN: 978-3738648454]

Marienburg – Kampf und Schicksal [ISBN: 9783734796340]

Nephoris – Töchter des Cheops [ISBN: 9783738647631]

Bunker

TITEL: BUNKER [ISBN: 9783738647686]

DIES IST DIE GESCHICHTE VOM SCHICKSAL EINES WEHRMACHTBUNKERS AN DER FRONT UND SEINER BESATZUNG, WELCHE UNTER FÜHRUNG EINES ENTSCHLOSSENEN UNTEROFFIZIERS TAPFER DIE AUSSICHTSLOSE STELLUNG VERTEIDIGT UND DABEI UM DAS ÜBERLEBEN KÄMPFT. AUSZUG:

„'RAUS AUS DEM BUNKER!... WIR BESETZEN DEN LAUFGRABEN...

AM KNIE VOR DEM TRICHTER, VIERZIG METER NACH RECHTS, STELLUNG! . . . SCHARF ANS GEWEHR! . . . BIEGLER NIMMT EINEN MUNITIONSKASTEN .."

DEN STAHLHELM NOCH IN DER HAND, KROCH DER UNTEROFFIZIER ZUERST HINAUS, HINTER IHM DER SCHÜTZE SCHARF MIT DEM AUFGEBUCKELTEN MASCHINENGEWEHR, UND ZULETZT BIEGLER, DER DEN MUNITIONSKASTEN AN SICH PRESSTE, ALS GINGE ER DAMIT TANZEN.

GEBÜCKT RANNTEN DIE DREI LEUTE DURCH DEN SCHMALEN SCHLAUCH. AN DER KNICKUNG WARF SICH DER UNTEROFFIZIER HIN UND WINKTE SCHARF AN SEINE SEITE.

KNAPP DREIHUNDERT METER VOR IHNEN, ABER NOCH KEINE ZWANZIG METER ÜBER IHNEN, KURVTE DER FLIEGER, EIN HABICHT, DER NOCH NICHT RECHT ENTSCHLOSSEN IST, VON WELCHER SEITE ER AUF DAS VERDATTERTE OPFER STOSSEN MUSS.

SCHARF HATTE DAS MASCHINENGEWEHR IN STELLUNG GEBRACHT. DER UNTEROFFIZIER SASS DAHINTER, FINGER AN DER AUSLÖSUNG, DEN STAHLHELM HALB IM GENICK.

„WENN DER SAUHUND BLOSS EINMAL WENDEN WÜRDE ...! ICH BEKOMM' IHN NICHT RICHTIG HEREIN ... AH! ENDLICH!..." DAS MASCHINENGEWEHR BELLTE LOS.

DER LANDSER BREITINGER

TITEL: DER LANDSER BREITINGER [ISBN: 9783743161870]

**DIESER ROMAN BESCHREIBT DIE ERLEBNISSE VOM LANDSER BREITINGER UND SEINER KAMERADEN AN DER FRONT. IN AUTHENTISCHEN DIALOGEN UND REAL SKIZZIERTEN GEFECHTSSITUATIONEN WIRD DIE SCHICKSALHAFTE GESCHICHTE DER FRONTSOLDATEN DARGESTELLT.
AUSZUG:**

AUS ALLERNÄCHSTER NÄHE KNALLTE ES, ERST EINZELSCHÜSSE, DANN GANZE SALVEN UND DIE GESCHOSSE SUMSTEN DEM LANDSER BREITINGER, DER SICH AUF DEN BAUCH GEWORFEN HATTE, ZORNIG UM DIE OHREN. DER ALTEN REGEL TREU, DASS MAN NUR SCHIESSEN SOLL, WENN EIN ZIEL ZU SEHEN IST, KROCH DER LANDSER AUF KNIE UND ELLENBOGEN ZU EINER HALB UMGESTÜRZTER MAUER UND RICHTETE SICH VORSICHTIG AUF. DAS SCHIESSEN HIELT LUSTIG AN UND VERSTÄRKTE SICH SOGAR NOCH. HINTER SICH HÖRTE DER LANDSER EIN GETRAPPEL, DREHTE SICH ABER GAR NICHT EINMAL UM, WEIL ER AUCH SO WUSSTE, DASS ES NUR VON DER GRUPPE DES VORPOSTENS HERRÜHREN KONNTE, DIE AUS IHRER DECKUNG SCHWÄRMTE UND DIE FÜR EINEN SOLCHEN ÜBERFALL BEFOHLENE STELLUNG BEZOG.